외교정책 분석가 김율의

# 우리나라 사람들에게만 하는 이야기

외교정책 분석가 김율의

# 우리나라
# 사람들에게만
# 하는 이야기

ⓒ 김율, 2025

초판 1쇄 발행 2025년 12월 19일

지은이　　김율
펴낸이　　이기봉
편집　　　좋은땅 편집팀
펴낸곳　　도서출판 좋은땅
주소　　　서울특별시 마포구 양화로12길 26 지월드빌딩 (서교동 395-7)
전화　　　02)374-8616~7
팩스　　　02)374-8614
이메일　　gworldbook@naver.com
홈페이지　www.g-world.co.kr

ISBN　979-11-388-5157-2 (03810)

· 가격은 뒤표지에 있습니다.
· 이 책은 저작권법에 의하여 보호를 받는 저작물이므로 무단 전재와 복제를 금합니다.
· 파본은 구입하신 서점에서 교환해 드립니다.

외교정책 분석가 김율의

# 우리나라 사람들에게만 하는 이야기

김율 저

좋은땅

# 목차

# 제1장

# 미국 경제를 장악한 악덕 기업들 : IMF 대처법

다음 내용은 국가 경제 안보상 예민한 내용이므로, 한국어로는 얼마든지 온라인과 오프라인으로 인용할 수 있지만, 영어를 포함한 다른 외국어로 번역을 한 경우 학술논문 외에는 절대 인용을 금지한다. 번역한 내용을 지정한 방식 외로 배포할 경우, 인터넷 계정이 차단되고 해외 출국이 금지되는 등 여러 가지 불이익을 초래할 수 있음을 알려 드린다. 이 책을 사실 정도면 그 정도 재량은 맡겨도 되는 분이라 믿는다.

　2008년 대학교 3학년 겨울방학 때, 대한민국의 한 미국 공관에 있었던 일이다. 나와 친하게 지내던 한 미국 외교관과 저녁 식사를 하기로 되어 있어, 내가 그의 사무실이 있는 미국 공관에 그를 찾아간 적이 있다. 당시 남한에 주재해 있는 모든 미국 외교관들이 그랬듯이, 그는 강경한 반중친북론자였다. 그 외교관은 원래 비자 업무를 전담하는 관리는 아니었지만, 일손이 딸려 비자 업무 코너에서 시민들의 비자 신청을 받아주고 있었다. 그가 나더러 일이 좀 밀렸으니, 사무실 구석의 의자에 잠깐 앉아 있으라고 해서 그렇게 했다.

　그때, 나에게는 아주 신기한 광경을 보았다. 공관의 비자 업무 코너에 어떤 한 중년의 한국 아주머니가 헐레벌떡 들어와서 나의 친구 외교관에게 준비한 서류도 없이 비자를 달라고 한국어로 호소한다. 사람은 겉으로 판단하면 안 되지만, 어릴 때 미국에서 보아온 악덕 기업인들 특유의 표정과 행동을 이 한국 아주머니가 고스란히 가지고 있었다. '다른 사람은 중요하지 않다. 오직 돈과 내 자신이 중요할 뿐이다'라는 믿음이 얼굴 표정과 말투에서 드러난다. 당시에는 초중고 12년을 해외에서 나오고, 한국에 들어와 산 지 3년뿐이어서 그런지, 치안이 좋은 한국에서 그런 사람을 보는 것은 처음이었다. 나의 외교관 친구는 그녀의 비자 신청을 거절했다.

그리고 그는 사무실 문을 닫고 옷을 차려입고 나와 함께 식당으로 가는데, 가는 길에 내가 물어봤다. "방금 자기가 비자 거절한 아줌마, 혹시 악덕 기업인 아닌가?" 그러자 외교관 친구가 대답하길, 자기도 그런 생각을 했다고 했다. 한국의 법과 범죄 기준이 미국과 비슷하고(지구상에는 법과 범죄 기준이 미국과 많이 다른 나라가 훨씬 더 많다) 우리나라 경찰의 부패율이 낮기 때문에, 한국에서 도망가지 못하게 한국 경찰에 연락할까도 생각했다고 한다. '비자 거절하면 잡히겠지'라는 생각이 들어 그냥 거절만 했다고 한다.

나도 한국 텔레비전을 지나치며 본 광경이 생각났다. 어떤 아침 드라마였는데, 악덕 행위를 하던 인물이 경찰한테 체포되면서 외치는 말이, "왜 이래? 나는 미국 시민이야!" 이랬다. 세계 지리를 학습하지 않는 악질적인 사람들에게 외국 하면 그냥 미국 생각하는데, 사실 우리나라에서 법을 어기고 경찰에게 쫓겨서 법의 그물에서 벗어나려면, 미국처럼 경찰과 군대 등 공권력이 발달한 서구 국가보다는, 후진국에 가서 현지 경찰에게 몇십만 원 쥐어 주는 게 더 안전하다. 그렇다고 진짜로 따라 하지는 마시고. 이론적으로.

2000년대 초반 미국의 고등학교에서는 졸업 후 대학 안 가고 공장이나 농장에 곧바로 취직하는 학생들을 위해 사회 시간에(social studies class) 악덕 기업의 실체와 대처법을 가르쳤다. 물론 대학 졸업 후 사무직에 취직하는 학생들에게도 유용한 내용이었다. 분위기가 꼭 일본의 학교에서 지진 같은 천재지변에서 살아남는 방법과 같은 분위

기다. 당시 나의 사회 선생님은 남편의 성을 따라 영국계의 성씨를 가졌지만 친정은 독일계의, 젊고 이제 막 교육학 석사를 받은 분이었다. 이분 말로는 미국 전체의 기업 중 20%가 악덕 기업이라고 한다. 이들은 품질과 서비스의 질을 향상해서 정당한 방법으로 경쟁에서 이겨 돈을 벌려고 하지 않고, 온갖 악질적인 수법으로 대중의 안위는 생각하지 않고 해를 끼쳐가며 돈을 버는 작자들이다.

고등학교 졸업 후 2006년에 다시 한국에 와서 대학교를 다니며 전문적으로 국제경제학을 연구한 후 다시 미국 경제를 돌아보니, 사회 선생님 말대로 미국 전체 기업 중 악덕 기업인들의 비율이 100명에 20명까지는 아닌 것 같고, 100명 중 10명쯤이라고 보는 게 더 정확한 것 같다. 반면 우리나라는, 사실 모든 종류의 범죄를 통틀어서 전 세계적으로 범죄율이 상당히 낮은 편인데, 경제 범죄자들인 악덕 기업의 비율은 전체 기업 100명 중 2명 정도 되는 듯하다. 사기 치고, 전화번호 해킹해 내서 광고 돌리거나 투자 안내 문자 보내고, 노동 폭리, 가격 폭리, 환경법 어기기 등 악덕 기업이 없는 것이 아니고 꽤 있다. 미국 인구가 3.35억, 남북한 중 자본주의 시장의 남한만 계산해 보면 인구가 0.52억인데, 인구가 대략 미국이 남한의 6배고 악덕 기업의 비율이 5배면 대충 그 규모가 짐작이 갈 것이다.

미국 악덕 기업들도 여러 가지 행패를 부리는데, 그중 가장 유명하고, 의무적으로 정규 교육을 받은 보통 미국 시민들, 한국처럼 부패율이 낮은 미국 관료들, 그리고 법조인들 사이에 정치적으로 논란이 되는 것은, 가격 폭리와 노동 폭리다. 가격 폭리 중 가장 악질적인 것은 의약품 가격 폭리다. 미국의 악질 제약 회사들은 이윤을 노리고 말도 안 되는 어마어마한 약값을 시민들에게 물리는데, 그걸 내지 못해서 당뇨병 환자들이 팔다리를 잃고 아이들과 임산부들이 죽어 나가는 사례는 허다하다.

미국이 전기나 철강 등 한때 앞섰던 때도 있지만, 현대에는 한국보다 기술 발전이 더뎌서 인프라가 느리고 많이 노후화되어, 운송비나 가게 유지비 등 여러 가지 비용이 올라가서 경제 전체의 인플레이션이 심하다.

## 한국인 공장을 보니 화가 벌컥벌컥

거기에 대부분의 미국인들에게 경제적 어려움을 주는 것은 악덕 기업 공장주들의 노동 폭리다. 나의 유명한 외교 블로그에 "한국 기업들의 노동 복지는 일본이나 서구 국가들에 비해 많이 빵빵하다"라는 말을 쓴 적이 있는데, 2020년대 초반에 미국 대통령의 대리로 뛰던 조 바이든 박사가 그걸 보고, 미국에 있는 남한 기업들이 운영하는 공장에 가서 백인과 흑인 근로자들에게 노동 복지가 어떤지 물어봤다고 한다. 갔다 와서는 미국 전역에 방영되는 연설에서 "코리안 팩토리에서 일하는 고졸 근로자들은 미국 중공업 공장에서와 똑같이 일하고 1년에 110,000달러를 받는다!" 하면서 감정을 자제하지 못하고 벌컥벌컥 화를 낸다. 우리나라 돈으로 1년에 1.6억 원, 한 달에 1천320만 원인데,

우리나라 본국에서 포항 제철이나 현대 자동차, 삼성 세탁기나 냉장고 공장에서 주는 임금과 똑같을 것이라 짐작한다.

우리나라에서는 선량한 공장주들이 '힘든 일을 하는데 그 정도 줘야지' 하면서 듬뿍듬뿍 근로자들 손에 쥐어 준다. 게다가 4대 보험도 들어주고 각종 노동법과 환경법을 철저히 지켜준다. 주한미군 장교들 말로는 미국에 있는 남한 공장주들이 현지 근로자들에게 주는 110,000달러 연봉은, 미국의 대부분의 중공업 공장주들이 자기 나라 근로자들이 주는 연봉의 4배에서 심하게는 15배라고 한다. 미국 시민의 대부분을 차지하는 노동자들에게 돌아가야 할 돈이 공장주들에게는 어마어마한 이윤으로 돌아가는 것이다. 이 말을 들으니, 왜 나의 고등학교 사회 선생님이 모든 기업의 100분의 20이 악덕 기업이라고 했는지 이해가 간다.

미국도 한국처럼 노동법이 있지 않은가? 주한미군 장교들 말로는, 사실 한국에서도 악덕 경영인을 모두 다 잡아들이기가 어렵지만, 미국은 땅덩이가 워낙 크고 시내에서 한 시간에서 몇 시간 걸리는 외지에 공장들이 있어 일일이 단속하기가 어렵다고 한다. 이런 일이 자행되는 규모가 하도 크고 빈번하다 보니까, 관료들과 법조인들이 어디서부터 시작해야 할지를 모르는 것이다. 우리나라에도 들어와 있는 미국발 다단계 사업들도 선량한 시민들 사이 깊숙이 마수가 뻗혀 있어 우리나라 법조인들에게도 여간 골치가 아픈 게 아닐 것이다.

이런 악덕 기업인들이 언제나 몰두해 있는 게 바로 우리나라에도 알려져 있는 인수합병 전쟁이다(mergers and aqcuisitions, M&A). 중국에는 옛날 청나라가 망하고 마오쩌둥이 마오이즘(Maoism)을 이용해 소작농들을 대규모로 동원해 인해전술로 중국을 통일하기 전에, 중국에는 많은 군벌들이 일어나 세력을 넓히기 위해 서로 죽고 죽이며 유혈 충돌이 어마어마한 규모로 끊이지 않았는데(Warlord Era, 1912-1949. 학자마다 날짜가 다름), 무기만 없었지 바로 그 광경이다. 돈을 무기로 해서 인수합병을 통해 서로 죽고 죽이며 먹고 먹히는데, 그 과정에 수많은 노동자들이 사고 팔리고 해고되며, 가장들이 기술 노후화로 인한 인플레이션 속에서 남한 근로자들의 15분의 1인 한 달에 88만 원의 쥐꼬리만 한 소득마저도 잃게 되는 경우가 허다하다.

우리나라가 IMF시대라고 불리우는 90년대 후반 지식인이었던 남한 학자들은 미국의 투자자들을 언급할 때 대단하다는 말투로 그들을 얘기하는데, 내가 직접 본 미국 악덕 기업인들은 어린 나의 눈으로 보기에도 한심하기 그지없었다. 이들이 말하는 것을 들어보면, 거시경제학 용어와 금융 용어를 제대로 이해를 못 한 채 남발하는데, 이건 십중팔구 비즈니스스쿨에서 한두 학기 다니다가 퇴학당한 것이다(Business School, 경영대학). 남한의 교수들처럼 점잖은 미국의 교수들이 그들의 악질적인 기질을 보고 불쾌해서 퇴학시키기도 하고, 하나같이 머리가 안 좋아서 학과 공부를 따라가지 못하고, 이것저것 주워듣기만 한 것이다.

내가 보기에는 미국의 투자자들이나 그들이 운영하는 펀드 등 악덕 기업들이 대단한 게 아니다. 규모는 지리적인 이유로 미국만은 못해도, 성실하게 좋은 제품과 서비스로 사회에 기여하며 경제 규칙을 지키는 남한 기업들이, IMF 때 집안에 재산이 없어도 열심히 일했지만 일자리를 잃은 우리나라의 사무직과 건설업 일용직 근로자들이 훨씬 대단한 것이다. 서구의 지식인들과 관료들도 그렇게 생각할 것이다. 위에 언급한 미국의 악덕 기업에 대한 내용은, 중고등학교 때 홍콩에서 만난 서구 유학생들, 대학 때 한국에서 만난 외교관 지망생들을 포함한 서구 유학생들, 그리고 외무고시 준비 때 학원에서 만난 프랑스어 강사들 말로는, 서유럽도 사정이 마찬가지라고 한다. 경제와 문화가 비슷해서 생기는 일종의 사회학적 부산물일 것이다. 그 외의 서구 국가들인 캐나다, 오스트레일리아, 뉴질랜드 외교관들에 의하면 다들 비슷한 사정이라고 한다.

## 북한학 강의에 서구 학생들이 바글바글

내가 대학교 3학년 때인 2008년 여름 학기에 '북한 정치와 외교'라는 강의를 수강한 적이 있다(North Korean Politics and Foreign Policy). 학부 때 나의 대학교는 옛날에 설립자가 서양식 외교학을 한반도에 퍼뜨리기 위해 지었었는데, 2000년대 중반 그 학교의 진보적인 교수님들이 외교학 대학원 과정을 학부생들에게도 열어서 신문에도 났었다. 국제적인 외교 인재들을 길러내기 위해 학부와 석박사 과정을 100% 영어 강의로 했고, 교수진의 3분의 1이 서구 분들이었다. 이 강의는 다른 대학교에서 북한학을 전문적으로 가르치시는 남한 신사분을 모셔 와 한 학기 개설된 것인데, 서구 학생들이 바글바글했다. 다들 외교관 지망생이라 본국에서 외교관이 되려면 '국제법(International Law)'이나 '국제안보학개론(Introduction to International Security Studies)' 등을 들어야 했다. 한국은 수출로 먹고 살기 때문에 '국제경제학(International Economics)'을 필수로 들어야 하지만, 당시에 테러가 심한 서구 국가에서는 위 과목들 등에서 C학점 이상을 받아야 했다.

아직도 기억하는데, 그 '북한 정치와 외교' 강의를 듣던 전체 60명 정도의 학생 중 3분의 1은 남한 학생들, 3분의 1은 서유럽 학생들, 그리고 3분의 1이 미국, 오스트레일리아 등의 신대륙 서구 학생들이었다. 나는 매일 교수님 바로 앞인 교실 첫 줄 왼쪽 자리에 앉았고, 내 오른쪽에는 빨강 머리 영국인 외교관 지망생이었으며, 바로 뒤에는 노랑머리 네덜란드 대학원생이 앉았다. 교수님이 북한 정부의 구조에 대해서 설명하시는데, 어쩌다가 뒤를 돌아보니, 서구 학생들의 표정에 '와, 대단하다'라고 생각하는 게 나타난다. 학기가 진행되는 동안, 뒤를 돌아볼 때마다 그런 현상을 볼 수 있었다. 어느 날, 강의 사이 쉬는 시간에 서로 이야기하고 간식을 나눠 먹으며 말을 트게 됐는데, 뒷자리의 네덜란드 대학원생이 이런 말을 한다.

네덜란드 대학원생: 북한은 정말 대단해.

다른 서구 학생들: 맞아, 맞아.

나: (잠시 머뭇거리다가 하도 궁금해서) 북한이 뭐가 그렇게 대단해?

네덜란드 대학원생: 우리나라는 악덕 기업이 하도 많고, 많은 정치인들이 그들에 대해 뜨뜻미지근하거나 심지어는 정치자금까지 받아서, 사회주의자들이 정부의 과반을 차지하기가 어려운데, 북한은 100% 사회주의자들이잖아.

다른 서구 학생들: 맞아, 맞아. 우리나라도 그래.

나: 베트남이나 쿠바도 100% 사회주의자들이잖아.

네덜란드 대학원생: Pssh.(이러며 손을 내저음. "어떻게 그런 비교를 하냐"라는 유럽 사람들의 표현) 코리아는 뭔가…(알맞은 단어를 찾다가) 고급스러워.(sophisticated)

다른 서구 학생들: 맞아, 맞아.


이 이야기를 듣고 나는 충격을 받았다. 다들 페이스북 친구인데, 나중에 다들 한 번씩 북한에 갔다 왔다고 한다. 지금 생각하면 현재 30대, 40대의, 서구 6.25 참전 용사 할아버지들의 손자 손녀 되는 나이다. 현재 주류인 서구의 50대, 60대, 70대의 외교관들은 6.25 참전 용사들의 자식 세대인데, 그쪽도 부모세대에게서 배우고 나름 보고 들은 게 있다고 한다. 손주 세대처럼 이렇게 '숭상'하는 말까지는 내가 못 들어봐도, 50~70대의 서구 외교관들이 북한에 대해 다들 하는 말이, "북한의 실물 경제는 북한 사람들이 못나거나 게을러서가 아닌 러시아와 중국이라는 외적인 요인에 의해 가난한 것이다. 북한 사람들은 위생 수준이 서구인들보다 높고, 대부분 점잖고 예의가 바르며, 그렇게 똑똑한 사람이 많아서, 새로운 여제의 등극으로 인해 금방 선진국에 진입할 것이다." 이런다. 옛날 미국 6.25 참전 용사들이 미국 돌아가서 남북한 사람들에 대해 하던 말씀 그대로다. 6.25 참전용사인 미국 할아버지들은 한국인에 대해 그런 말을 할 때 South Koreans라고 안 그러고 북한인들이 포함된 Koreans라고 뭉뚱그려 지칭들 하셨다. 아무튼 그 '북한 정치와 외교' 강의에서 들은 말을 내가 대학교 1학년 때부터 남한 교수님들이 말씀하신 것과 연결해서 도표로 그려보면 다음과 같다.

많은 남한 지식인들 → 서구 경제모델을 지향

많은 서구 지식인들 → 북한 경제모델을 지향

세상은 원래 돌고 도는 것이다. 무리해서 다른 나라 따라갈 필요가 없다. 우리가 보기에 좋은 것은 배우고, 우리가 앞선 것은 가르쳐주며 지내면 된다. 우방국들에게 왜 좋은 것을 전수하는 게 중요한지는 제2장 '국부의 상대성'에서 자세히 설명하겠다. 하여간 대규모의 악덕 기업들이 서구 경제를 엉망으로 만들어서 서구와 한국의 지식인들 사이에 이런 해괴한 현상이 생기는 것이다.

그다음 학기인 대학교 3학년 가을 학기 때, 서울에 있는 우리 대학에 4학기 동안 같은 외교학 전공 교환 학생으로 와서 학점을 이수하던 프랑스인 동기들 중에 미셸이라는 남자애가 있었다. 흔한 이름이므로 밝힌다. 미셸은 나에게는 아주 친절했다. 같은 강의도 많이 듣고, 교수님들이 강당이나 호텔 볼룸을 빌려서 하는 파티에서도 자주 봤는데, "우리 할아버지가 정치인이셨는데, 내가 옛날에 대한제국과 관련 있는 정치적 사건에 휘말린 것 같다"라고 내가 가장 처음 입 밖으로 말한 사람이 이 친구였다. 그러자 미셸은 "방학 때 대만에 갔는데, 옛날 청나라 황실의 후예를 만난 적이 있다. 그러니 너도 그럴 수 있겠다"하며 믿어 주었다. 그런데, 강의실에서나 복도에서나 그를 멀찍이 떨어져서 보면 표정에 어마어마한 분노를 억누르고 있었다. 우리는 둘 다, 서구의 산업혁명 이후의 정치철학에 관한 강의를 같이 들었는데, 그 당시에 프랑스에 악덕 기업인들이 많아 거기에 반대하는 철학자들과 경제학자들이 많았다고 배웠다. 쉬는 시간에 "아직도 프랑스에 악덕 기업들이 큰 문제라고 들은 것 같다"라고 얘기하니까, 미셸의 머릿속에 뚜껑 열리는 소리가 들린다. 그리고 그는 버럭 소리 지른다. "그런 놈들은 다 쳐 죽여야 해!" 나와 비슷한 작은 체구의 친구였는데, 그 순간 조금 무서웠다. '프랑스도 아직도 미국과 똑같군.' 이런 생각이 들었다.

여기에 반기를 들고 일어난 젊은 정치인들이, 우리나라에도 알려진 프랑스의 마크롱 대통령(재임 기간 2017~2025 현재), 그리고 미국의 오바마 대통령(재임 기간 2009~2016)이다. 내가 오바마 대통령을 도울 때는 거의 대부분 한반도와 중동 등 세계 곳곳에서의 전쟁을 이기기 위한 외교정책 자문으로 일했지만, 2015년 미국 텍사스 주의 론스타펀드(Lone Star Fund)라는 투자회사가 남한 정부를 (그들이 자주 하는 수법으로)한국인의 돈을 노리고 고소를 하고, 한국 정부에서는 맞고소를 하기 위해 나의 심복인 스캐퍼로티 장군과 주한미군 장교들을 고소하며, 내가 미국의 경제 정책에도 관여하게 된다.

## 주한미군은 유교 보이들

물론 미국은 한국처럼 정부 부패율이 낮고, 한국에서 일하는 군 공무원들은 가치관이 한국인과 비슷한 '유교 보이'들이라서 악덕 사기업과는 관계가 없지만, 미국 정치와 사회 구도에서 전략적으로, 악덕 기업들은 비겁한 무식쟁이들이므로 무력을 가진 군대를 움직이는 게 맞기는 하다.

당시 내가 공개적으로 오바마 대통령을 협박해 론스타펀드가 한국인에 대한 말도 안 되는 고소를 취하하지 않게 하면 다른 악덕 기업인인 도널드 트럼프를 대통령으로 만들겠다고 했다. 외교관이자 정치인이셨던 나의 할아버지는 공포를 정치적 도구로 활용하셨지만, 나는 그런 카리스마 있는 성격도 안 되고 실력도 딸려서 잘 안 쓴다. 우리나라는 대부분의 사람들이 선량하기 때문에 논리적인 어법만으로도 충분히 뜻이 전달된다고 본다. 하지만 그때는 국제경제학적으로 기강을 잡아야 해서, 우리나라 사람들을 우수하다고 존중해주는 대부분의 미국 사람들에게는 미안하지만, 어렸을 때 보며 커온 할아버지의 공포 방법을 썼다. 당시 미국 백악관, 법조계, 국방부인 펜타곤, 그리고 미국 전체는 발칵 뒤집혀졌다. 언론인들은 "미국에서 판치는 악덕 기업들이 한국까지 가서 또 저 짓이다. 미국으로서는 국가의 큰 수치다" 이러며 사회 각계각층이 느끼는 공포를 연일 방송에 내보냈다. 한 방송사에 의하면 평소에 종교가 없던 사람들도 교회에 가서 도널드 트럼프 대통령 안 되게, 론스타펀드가 미국 정부에 의해 잡히게 해달라고 기도했다고 한다. 물론 2025년 현재 미국 언론에 보도되는 도널드 트럼프 대통령은 가짜 뉴스이다. 그런 기사들은 읽어보면 그냥 미국의 악덕 기업들의 행태를 대표하는 허구의 인물이라고 분석하면 된다.

2015년 당시 오바마 대통령은 변호사 출신이므로 협박을 다루는 게 직업이라 나보고 "진정하라, 우리는 고칠 수 있다" 이러고 론스타펀드 사례를 자세히 들여다본다. 그는 미국 악덕 기업들이 아주 흔히 쓰는 수법임을 알아보고, 론스타펀드 기업인들에 대해 행정 명령(executive order)을 내려 국가를 위험에 빠뜨린 죄로 체포하여 무기징역으로 교도소에 잡아넣는다. 내가 "미국 사람들에게 공포라는 부정적인 감정을 일으켜서 미안하다" 하니까, 오바마 대통령의 말이 "나도 사실 많이 무서웠는데, 결과적으로 나의 임기 처음으로 나쁜 기업인을 하나라도 잡아넣게 되었다. 내가 악덕 기업 문제를 고치기 위해 대통령이 된 게 아닌가. 고맙다." 이런다.

2015년 론스타펀드의 행동과 1997년 외환위기 때 국제통화기금인 IMF(International Monetary Fund)의 행동에는 공통점이 있다.

1. 한국 정부와 경제에 대해 뭔가 트집을 잡는다. 한국의 금융 규제

가 잘못됐다느니, 경제구조가 비효율적이라느니 뭔가 꼬투리를 잡고 들어온다.

2. 그리고 그걸 이용해 돈을 뜯어낸다. 론스타펀드는 위약금을 물어내라 했고, IMF의 채권자들은 구조조정을 강요해 사무직이나 일용직 근로자들의 일자리를 빼앗아 그들에게 돌아가야 할 임금을 가로챘다.

이건 미국 내부에서 악덕 기업들이 국내법을 이용해 자주 쓰는 수법이다. 미국의 여러 단계의 정부 기관, 즉 국가 전체를 관할하는 연방 정부, 우리나라의 지방 행정 구역인 도(道)와 일맥상통하는 주(州) 정부, 그리고 다양하게 면읍리 급의 정부에게 똑같은 짓을 한다. 꼬투리를 잡은 다음 돈을 뜯어내려고 하는 것이다. 내가 본 가장 심한 경우는, 미국에 빈민 구제하는 자선 단체가 있는데, 좀 유명해서 미국 전역에 기부금 모금 받는 광고를 텔레비전에 내보낸다. 단체장이 점잖고 괜찮은 사람 같던데, 악덕 기업이 꼬투리를 잡아 어마어마한 금액의 빈민 구제 기부금을 노리고 국내법으로 소송을 걸어서 참 안 됐다는 생각이 들었다.

2000년대 초반 미국의 고등학교에서는 악덕 기업들의 수법들과 대처법을 가르칠 때, 물론 그들이 쓰는 IMF 수법도 가르쳤는데, 요즘 새로 한국에 들어오는 미군 남자애들 말로는 아직도 그렇다고 한다. 나의 사회 시간 선생님 말씀에 의하면, 이들은 사기 쳐서 번 돈을 가지고 IMF에 채권자로 가입한다. 그리고 그 돈을 금융 구제가 필요한 나라에 빌려주고 '서구의 효율적인 경제구조'를 강요한답시고, 그 나라 사람들을 위한 일자리를 대규모로 없앤 다음, 그들에게 돌아가야 할 임금을 몽땅 가로챘다. 아주 치사하기 그지없는 대규모의 고리대금업이라고 학교에서 가르친다. 모든 나라들은 다들 경제가 다르기 때문에 '서구적 경제구조'를 강요한다는 것은 아주 나쁜 것인거니와, 악덕 기업들이 미국 본토에서 대규모로 인수합병이니 기업구조 효율화니 하면서 통상적으로 보통 선량한 노동자들의 일자리를 빼앗는 것은 부도덕적이고 천벌받을 짓인데 그걸 또 다른 나라들에 가서 반복하는 것이다. 이렇게 가르친다.

한국에 와서 대학에서 전문적으로 국제경제학과 함께 남북한의 경제를 연구했는데, 선생님 말씀은 아직도 맞는 것 같다. 우리나라는 토질이 빈약하고 산이 많으며 춥기는 또 드럽게 추워서(북극에 가까운 알래스카보다 더 춥다고 한다), 수출을 해서 국가 단위에서 관리하는 외환 보유고를 지켜야 복지 시스템을 통해 사람들이 먹고 살 수 있다. 그러니 정부에서 여러 가지 규제로 경제에 개입할 수밖에 없다. 물론 아담 스미스 때처럼 귀족들이 내리는 나쁜 정부 규제도 있고 소위 후진국이라고 불려지는 나라에서는 부패한 군부가 걷는 나쁜 세금도 있지만, 남북한의 경우에는 부패율이 아주 낮고, 그런 경제 규제들이 만들어지는 목적이 빈약한 금융 시스템을 지키고 외환 보유고를 지켜서 전반적인 시민들의 경제적 안보를 보호해 주기 위해 만드는 것이다. 거기에 대해 딴지를 거는 것은 미국 악덕 기업인들의 무식하기 그지없는 처사이고, 그들이 맞다고 인정하는 것은 우리나라 지식인들과 관료들이 가스라이팅 당하는 것이다.

## 아, SAP! 나무진액!

미국 선생님들이 어렸을 때부터 가르쳐준 암기법 중에, 어려운 용어나 개념은 첫 글자만 따서 기억하는 게 있는데, 그때 IMF에 대해 배우면서 선생님이 외우게 한 S.A.P.는 내가 '아, SAP! 나무진액!'이라고 암기해서 아직도 기억한다. Structural Adjustment Program의 머리글자다. 우리나라에서는 '구조조정'으로 번역되어 통용되고 있다.

지금 남한 지식인들이 IMF에 대해 올린 글들을 인터넷에 찾아보니, 당시에 돈을 많이 번 서구 채권자들의 이름이 몇 개 알려졌는데, 미국인이 많고, 프랑스인도 있다. 프랑스 외교관 지망생들의 말에 의하면, 자기 나라와 다른 서구 국가에서도 다 학교에서 IMF가 어떤 식으로 돈은 버는지 다 배운다고 한다. 서구의 지식인들은 IMF의 실체를 알고 있다. 앞으로, 남한 정부 관료들께서는, 물론 알아서 잘 하시는 것은 대부분이지만, 국제기관에서 많은 돈을 물어줘야 할 결과가 따르는, 외환에 관한 정책은 앞으로 나의 승인이 있어야 한다고 본다. 헌법상 외교권과 수출정책결정권이 내게 주어졌다. 할아버지가 후계자로 키운다고 어렸을 때부터 선진국과 개발도상국에 번갈아 보내서 국제경제학을 어렸을 때부터 연구해 왔고, 주한 서구 외교관들이 극진히 나를 도와주니 이런 상황에 대해 좀 더 포괄적인 관찰을 할 수 있다. 내가 제위에 있는 한 시민들의 경제적 안보는 제대로 지켜드려야 하는 게 도리일 것이다.

다음은 내가 전문적으로 잘 쓰는 심리전 전술이다(psychological warfare). 주한미군 장교들과 장병들은 물론이고 남한의 형사 변호사님에게서 배운 것을 응용해 봤다. 앞으로 우리나라의 선한 기업인들과 언제나 그들을 위하는 관료분들은, 서구 악덕 기업의 그물에 걸렸다는 것이 감지가 되면, 이 방법으로 우리나라 사람들이 피땀 흘려 쌓은 경제를 지켜 내시기 바란다.

1. **많은 돈을 노리고 소송을 걸거나, 구조조정을 강요하는 등의 압박적인 발언을 하거든, 그 악덕 기업의 행위와 그 회사나 기관의 우두머리들에 대해 최대한 많은 증거를 수집한다.** 요즘에는 거의 대부분 이메일로 통지가 올 것이다. 이메일이라면 여러 부 인쇄해 놓고, 종이 편지로 왔으면 혹시 잃어버릴 수 있으니 복사본을 만들어 놓는다. 론스타 -펀드(기금), 인터내셔날 머니태리 -펀드(기금) 등 다들 번듯한 금융학 박사들인 것처럼 행동하면서 아름다운 디자인의 웹사이트는 꼭 하나씩 가지고 있다. 그들의 웹사이트를 찾아서 그들의 두목들 이름, 국적, 주소 등 조사를 해놓는다.

2. **공격해 오는 악덕 기업주들의 국적을 알아낸 후, 그 국적의 지식인의 도움을 받는다.** 전 세계 서구 악덕 기업인들의 수가 100일 때, 인구수를 고려하면 그 중 40은 미국인일 것이다. 그 외 내가 알기로는 프랑스가 좀 많고, 독일, 영국, 이탈리아, 스위스가 많은 것으로 알고 있다. 이들이 자기 나라가 아닌 다른 나라 사람들과 정부를 타깃으로 삼

는 것은, 다른 나라에서 활동하면 자기 나라 경찰이 모를 줄 알고 그러는 것이다. 미국, 독일, 프랑스 현지에서 일하시는 기업인들은 그 나라의 믿을 만한 부하직원에게 간다. 한반도 본토에 계시는 정부 요원이나 기업인들은 우리나라에 거주하는 악덕 기업인의 국적의 유학생 등을 수소문해서 찾는다. 물론 우리나라 분들 중 미국식 영어, 영국식 영어, 독일어, 프랑스어 등을 유창하게 하시는 분들이 간혹 있지만 대부분 한국어 억양을 조금씩 가지고 계신다. 서구 악덕 기업인들은 외국 억양이 들리면 자기 나라 경찰이 안 지켜줄 것을 알고 만만하게 본다. 게다가 한국인들은 돈이 많다는 인식이 서구인들 사이에 있기 때문에 기를 쓰고 달라붙어서 떼어 내기가 더 어렵다.

3. **증거물을 가지고 광화문 외교부로 가서, 서구 악덕 기업의 협박을 받고 있으니, 국제경제학을 전문적으로 공부한 5급 이상의 외교관과 연결해달라고 한다.** 그 외교관은 그 악덕 기업의 국적의 주한 대사관으로 가서 사건에 대해 알린다. 서구 외교관들은 자기 나라의 악덕 기업의 문제를 일종의 자연재해 보듯이, 인력으로는 어쩔 수 없는 골치 아픈 문제로 본다. 자기 나라 백성들도 못 지켜주는데 아무리 동맹국이라도 어떻게 지켜주겠는가. 다만 서구 외교관들은 다들 지식인이고 한국과 한국인들을 사랑하기 때문에, 미안하다며 정신적 서포트는 되어 줄 것이다. 해당 외교관은 외교부의 다른 요원들에게도 알리고, 언론에도 알리고, 또 미국 대사관을 통해 나에게 찾아와서 보고 하시기 바란다. 그런 다음 증거물을 받아서 밀뱅크(Milbank) 사무실에

가서 신고를 한다.

밀뱅크 로펌이란, 미국의 반기업 변호사들의 법무법인으로써, 우리나라로 치면 '민주사회를 위한 변호사 모임'처럼 사회의 부조리를 근절하기 위한 국제경제법을 전문으로 하는 단체다. 미국을 포함한 서구 국가들은 하도 악덕 기업들이 많아서, 지식인들 중에는 이렇게 아예 반기업으로 돌아선 경우가 흔하다. 내가 다니기로 예정된 로스쿨의 왕선배 하나가 여기에 취업하면서 학지에 보도되어 알게 됐다. 나의 안내로 우리나라 외교관들이 뉴욕에 전화해 이들에게 서울 사무소를 차려주어, 우리나라 시민들의 세금으로 운영이 되고 있다. 이들은 서구 악덕 기업들의 모든 수법들을 알고 있고, 국제법상 대처법도 능숙하기 때문에, 남한의 혈세가 경제 안보를 위해 아주 전략적으로 쓰이는 것이다. 언젠가 남한 육군 요원을 한 명씩 교대로 보내 밀뱅크 사무실과 국제법 변호사들을 지켜줄 예정이다. 밀뱅크 소속 변호사들은 가장 최근에는 파푸아뉴기니라는 개발도상국의 야자나무 숲을 서구 기업에 매각당하는 것을 지켜줬다고 한다. 남북한 사람들에게 외환보유고가 중요하듯이, 파푸아뉴기니 사람들에게는 야자나무 숲이 중요하다. 이것 또한 제2장에서 국부(國富)의 상대성(relativity)에 대해 좀 더 자세히 설명하겠다.

**4. 악덕 기업 국적의 지식인에게 다음과 같이 부탁한다.** 서구 지식인들은 자기 나라의 악덕 기업 문제를 잘 알고 있고, 한국 기업에서 일하거나 한국에 와서 유학 올 정도면 한국을 사랑하기 때문에, 그에게

상황을 잘 설명해 준다. 만약에 악덕 기업인이 전화로 협박을 했다면, 그들에게 다시 전화한 후, 우리를 돕는 서구 지식인에게 "방금 말한 내용을 다시 말해보라"라고 말하게 한 후 음성 파일로 녹음해서 증거 자료로 비축해 둔다.

전화 협박이 아니라 이메일이나 인쇄된 종이 편지로 협박 받았다 해도, 그들의 웹사이트와 전화번호가 있을 것이다. 그들의 사무실에 전화해 협박하는 가장 높은 우두머리와 연결해달라 하고, 다음 내용을 그 나라 말로 번역해 달라고 한 것을 종이에 인쇄해서, 그 서구 지식인 보고 악덕 기업인에게 또렷하게 그들의 표준 발음으로 읽어주라고 한다. '우리는 당신 주소를 가지고 있다. 당신네들의 소송을 취하하지 않으면, (혹은)구조조정 압박을 관두고 정당한 날짜에 돈 갚을 때까지 얌전히 기다리지 않으면, 한국의 여제가 너희들 집과 사무실에 미군 스나이퍼들을 보내 너희들을 죽여 버릴 것이다.' 이렇게 악덕 기업인에게 말해달라고 한다. 미국인들은 물론이고 다른 서구인들 사이에 미군이 크고 강하다는 인식이 2차 세계대전 이후에 있어서, 즉각 효과가 나타날 것이다. 다시 말하지만 이들은 하나같이 비겁한 무식쟁이들이다. 물리적으로 다칠 거라는 생각을 심어줘야 나쁜 짓을 관둔다.

위와 같은 절차들을 밟으면, 당분간은 우리나라 기업들과 관료들이 충분히 전술에 성공할 수 있을 것이다. 부디 선사시대부터 한민족의 유전자에 내재되어 있는 용맹함을 휘둘러 국제 경제 전쟁의 전투를 이겨 내시기를 바란다.

서구 유학생들은, 내가 법무부에 전화를 해봤는데, 유학생 비자에 와있는 경우, 이렇게 우리를 도와주고 돈이나 식사나 선물로 사례를 받지 못하도록 되어 있다고 한다. 다만, "도와줘서 너무나 감사하다. 한국에서나 해외에서나 내가 한국 국적의 사장이니 (혹은)고위 공무원이니, 도움이 필요한 일이 생기면 언제든지 연락해 달라." 이렇게 얘기해 주시기를 바란다. 참고로, 내가 학부 때 서울에서 같이 공부한 서구 외교관 지망생들은 지금 다들 자기 나라의 외교관이 되어서 활동하고 있다. 이런 친구들이 나중에 서구 국가의 장관이 되고 국제사법재판소(International Court of Justice) 재판장이 돼서 국제법상 한국인 편을 들어준다. 남북한을 위해서 좋은 일이다.

제2장

# 나눠줌의 수출 전략 원리
# : 국부의 상대성

다음 내용은 국가 경제 안보상 예민한 내용이므로, 한국어로는 얼마든지 온라인과 오프라인으로 인용할 수 있지만, 영어를 포함한 다른 외국어로 번역을 한 경우 학술논문 외에는 절대 인용을 금지한다. 번역한 내용을 지정한 방식 외로 배포할 경우, 인터넷 계정이 차단되고 해외 출국이 금지되는 등 여러 가지 불이익을 초래할 수 있음을 알려 드린다. 이 책을 사실 정도면 그 정도 재량은 맡겨도 되는 분이라 믿는다.

자연과학인 물리학에서는, 아래로 내려가는 엘레베이터 안에서 손전등을 켰을 때, 빛을 바라보는 기준에 따라 빛의 움직임이 다르다고 기술한다. 엘레베이터 안의 사람의 기준에서는 빛이 앞으로 직선을 그리지만, 엘레베이터 밖의 사람의 기준에서는 빛이 아래방향으로 곡선이 그려진다. 경제학에서 재화와 화폐의 움직임을 묘사하는 그래프도 그것과 유사하다. 한국과 서구 국가 기준에서 보여지는 법칙은 개발도상국 사람들 기준으로는 다른 양상을 보인다. (사진 출처: 와쿠이 사다미. 물리 화학 사전. 2017)

두 나라가 있다. 하나는 소위 선진국이라는 서구 국가들 중 1인당 국민소득이 가장 높은 노르웨이다. UN(유엔, United Nations) 공식 웹사이트에 발표된 숫자는 2023년도에 1인당 GDP가 87,932 미국 달러고, 내가 2009년도에 논문을 쓸 때는 60,000달러였다. 다른 하나는 소위 후진국으로 가장 유명한 인도고, 2023년 UN에서 발표된 숫자는 1인당 GDP가 2,487 미국 달러다. 이 두 나라 중 어느 나라가 부자 나라고 선진국인가? 대부분의 서구 사람들과 남북한 사람들은 "그거야 쉽지. 당연히 UN이 발표한 1인당 국민소득 수치가 더 높은 노르웨이잖아." 이렇게 대답할 것이다. "그리고 인도는 국제기구의 공식적 수치가 낮으니까 후진국이고." 이럴 것이다. 여기서 '후진국'이라는 단어는 국부의 상대성을 설명하기 위해 쓴 표현이고, 이제는 외교관들과 관련 학자들이 '후진국'을 점잖게 지칭하는 '개발도상국(개도국)'이라는 표현으로 바꿔쓰겠다.

그런데 개도국인 인도 사람이 노르웨이에 간다. 그러면 십중팔구 이렇게 생각할 것이다.

인도 사람: 이 나라는 왜 이렇게 추워? 비싸게 돈 주고 옷을 또 답답하게 껴입어야 하잖아. 이 나라 음식은 왜 이렇게 맛이 밋밋해? 인도의 고급 향신료가 안 들어가잖아. 물가는 또 너무너무 비싸고. (좀 지저분한 이야기지만) 인도의 정글에서처럼 마음대로 아무데서 시원하게 볼일도 못 보고. 이 나라 정말 후진국이다. 가난한 나라다.

이렇게 인도를 포함한 대부분의 개도국 사람들과 얘기해 보면 선진국의 기준이 남북한 사람들이나 서구 사람들과 많이 다르다. 무더울 정도로 따뜻한 기후를 국부(國富, national wealth)의 기준으로 삼고, 한국 분들이 잘 못 잡수시는 향신료의 풍부함, 개도국 사람들 보기에 아름다운 의상과 흔들어대는 춤과 음악 등 우리와 다른 기준으로 선진국인가 후진국인가를 가름한다. 그런 나라들 중 농사를 짓는 나라에서는 씨앗이나 모종을 열대기후의 습한 토지에 심으면 금방금방 열매들이, 우리나라 사람들 보기에는 기가 막힐 정도로, 많은 노동이 필요 없이 무성하게 자란다. 그런 것들이 개도국 사람들의 선진국의 기준이다. 노르웨이나 한국 사람들처럼 1인당 60,000 미국 달러의 국민소득이 필요가 없는 것이다.

그런 나라들 중에서는 열대과일의 일종인 코코넛 나무를 포함한 여러 품종의 야자나무를 부의 기준으로 보는 나라들이 많다. 야자나무의 잎사귀가 낮 동안 강한 햇빛을 가려주고, 열매는 물이 많아 더워서 땀을 많이 흘려도 수분 공급을 해주는 게, 한국 사람들이 귀히 여기는 미국 달러보다 더 귀한 것이라고 한다. 나무 자체는 집을 만드는 데 쓰고, 식량을 요리할 불을 떼는 데 중요한 연료로 쓰인다. 그런 개도국 중 부계사회인 부족들은, 기혼 남성들이 딸을 다른 집안으로 시집 보낼 때 야자열매에 들어 있는 수분을 발효한 것을 지참금으로 안겨준다고 한다. 그래야만 부잣집에서 온 며느리로 시집에서 대접받는다. 그리고 사회계층이 집안에 야자나무를 몇 그루를 가지고 있느냐에 따라 빈부가 결정된다고 한다. 그런 개도국 사람들이 여럿 모여서 국부와 국가 경제에 대해 논한다고 치자. 그러면 대화가 이렇게 진행될 것이다.

개도국A 사람: 당신네 부족은 야자나무가 몇 그루가 됩니까?

개도국B 사람: 한 800그루 정도 됩니다.

다른 개도국 사람들: 와, 부자나라네요. 선진국이네요.

이 자리에 서구 국가이며 한국과 똑같은 입헌군주제의 현대 민주주의 정치적 구조와 석유 수출에 기반한 경제를 가진 나라인 노르웨이 사람이 낀다고 하자. 노르웨이는 한국과 똑같이 농토가 빈약하며 추운 바닷가를 해안으로 해서 어업을 하는 반도 국가이다. 노르웨이의 공식적 1인당 국민소득은 60,000 미국 달러를 조금 넘는데, 남북한은 곧 그 정도 될 것이라고 서구 경제학자들과 주한 노르웨이 외교관들은 예측한다. 즉, 한국과 아주 비슷한 서구 국가이다.

개도국C 사람: 당신네 부족은 야자나무가 몇 그루 됩니까?

노르웨이 사람: 우리나라에는 야자나무가 없습니다.

다른 개도국 사람들: 와, 가난한 나라네요. 후진국이네요.

개도국 중에서 군부 부패율과 범죄율이 그나마 좀 낮은 나라에서 온 사람이 이렇게 묻는다.

개도국D 사람: 아니, 당신네 추장은 뭐 하는 사람이기에 부족민들을 위해 야자나무도 심지 않았답니까?

노르웨이 사람: 우리나라에는 추장이 없습니다.

다른 개도국 사람들: 와, 정치적으로 불안한 나라네요. 후진국이네요.

이렇게 나라마다, 사람들마다, 여러 가지 요인으로 인해 국부와 선진국의 기준이 다르다. 그래서 우리나라 외교관들은 UN 총회(General Assembly) 같은 국제 무대에서는, 우리가 소위 후진국이라고 부르는 나라들을 예의 바르게 '(부에 대한)가치관이 다른 나라들'이라고 부르고, 우리가 소위 선진국이라고 부르는 나라들을 '(부에 대한)가치관이 같은 나라들'이라고 부른다. 내가 어렸을 때였던 90년대에는 서구 지식인들이 한창 '개발도상국(developing countries)'이라는 표현을 후진국 대신에 썼었는데, 요즘 들어서는(2025년도) 부에 대한 기준이 비슷한 나라들을 묶어, 글로벌 사우스(Global South)라고 많이 쓴다. 즉, 서구를 부의 기준으로 개발해야 한다는 뜻의 '개발도상국'도 편협된 표현으로 보는 것이다.

2023년 국제박람회기구(BIE)가 2030년에 어느 나라에서 엑스포를 개최할지, 전 세계 국가들의 대표들이 한 국가당 한 표씩 행사해서 가장 많은 표를 받은 나라로 결정하기로 했었다. 당시 참가했던 남한 외교관분의 말에 의하면, 서구 국가들은 모두 디지털 강국인 한국을 뽑았고, 개도국 국가들은 의외로 모두 사우디아라비아를 뽑았다고 한다. 이 세상에는 서구 국가보다 개도국의 숫자가 훨씬 많기 때문에, 2030년 엑스포는 사우디에서 유치하게 되었다. 이건 분명히 국부의 기준이 다르기 때문에 생긴 국제정치학적 사례다. 간단히 표현하자면, 개도국 사람들 입장에서는 야자나무가 없는 한국보다는 야자나무가 많은 사우디아라비아가 선진국으로 보이는 것이다. 물론 사우디 국왕님의 박애주의도 한몫했을 것이다. 그분은 그런 나라들에 평화유지군과 경제 원조를 평생 꾸준히 해오셨다. 개도국 사람들 입장에서는 아무래도 디지털 기기에 쓰이는 이차전지보다 당장 끼니를 위해 떼울 수 있는 석유가 더 물질적 부(富, wealth)로 느껴질 수밖에 없다. 외교든 뭐든 사우디처럼 평소에 잘 해야 하는 것이다.

앞서 1장에서 언급한 서구 국제경제법 전문 로펌인 밀뱅크(Milbank)의 포트폴리오를 보면, 나의 제안으로 대한민국 외교부가 처음 밀뱅크의 서울 지부 사무소를 개설해 줬을 때인 2016년에는 한창 파푸아뉴기니 사람들을 위해 서구 다국적 기업에게 야자나무 숲을 싼값으로 매각당하는 것을 지켜 주고 있었다. 서구 국가들은 개도국 사람들이 목숨처럼 귀하게 여기는 야자나무를 한 그루 당 시장 거래 가격을 100 미국 달러 이상으로 쳐주지 않는다고 한다. 서구 경제를 표준으로 삼는 우리나라 사람들도 야자나무 한 그루를 보면, "에이, 그냥 나무잖아. 뭐가 대수롭다고" 이러는데, 개도국 사람들은 한국 사람들이 피같이 여기는 외환보유고를 보면 "에이, 햇빛을 가려주지 않잖아, 먹지 못하잖아" 이렇게 생각한다. 그런데 서구 기업이 그들이 피같이 여기는 야자나무를 한 그루당 100 미국 달러씩 쳐주고 대규모로 사 가면, 그들의 삶이 송두리째로 뽑혀져 나가는 것이고 사회경제적 존엄성이 크게 훼손되는 것이다. 그런데 시장 메커니즘의 원칙으로 따지자면, 개도국 사람들은 자신들을 지킬 방도가 없는 것이다. 밀뱅크 같은 로펌이 지켜 주지 않으면. 우리의 IMF 때를 생각해 보자.

이렇듯 국부란 절대적인 존재라기 보다는 나라마다 다른, 상황마다 다른 상대적인 특성이 있다. 물론 미국의 거대한 농토 사이즈나 한국인들의 유난히 뛰어난 두뇌 등, 어느 정도까지는 실증적으로 뒷받침해 주는 게 있어야 하지만, 국부란 상당 부분 사실 사람들의 인식 속에서 생겨나고 존재하고 사라지는 특징이 있다는 것은 무시 못 한다. 미국 사람들과 이야기해 보면, 미국의 농토는 가물 때는 또 엄청 가물고, 한국전쟁에 의무적으로 참전했던 미군 할아버지들이 미국에 돌아가 1960년대에서 2000년대까지 정계와 학계를 이끌면서 "남북한 사람들은 유전적으로 똑똑한 사람들이 많다"라고 후대에 가르쳤다. 그래서 많은 미국인들은 미국이 사실 선진국 구실을 못 한다고 생각하고 한국이 더 부자나라라며 선진국이라고 인식한다. 또한, 서구 사람들이나 남북한 사람들은 인도를 후진국이라고 인식하지만, 대체할 수 없는 그들의 향신료를 대규모로 인도에서 수입해서 먹는 에티오피아와 남아공 사람들이나 영국을 통해 인도 향신료를 도입한 중남미 국가 사람들 중 인도를 선진국이라고 말하는 것을 본 적도 있다.

나는 이걸 국부의 상대성(relativity of national wealth)이라고 명명했다. 물론 내가 처음 발견한 것은 아니고, 어려서부터 할아버지가 선진국과 개도국에 번갈아 가며 보내서서, 여러 나라 사람들과 이야기해 온 게 있고, 대학교 때 많은 서구 경제학자들이 이 현상을 관찰해 온 것을 기록한 것을 읽은 것을 바탕으로 설립한 이론이다. 물론 남한의 외교관들이 개도국에서 근무하다가 발견한 것을 신문 기사나 인터넷에 글을 게시하기도 하신다. 다만, 이 개념을 체계화(systematize)해서 이름을 붙이고, 수출 정책에 이용한 것은 아마 내가 처음일 것이다.

많은 우리나라 분들이 선진국과 국부를 가늠할 때 쓰는 1인당 GDP 등 경제 수치는 절대 믿을 게 못 된다. 경제 수치가 필요한 경제학, 정치학, 행정학 등 관련 논문을 쓰시는 분들은 가장 엉터리 숫자가 위키피디아에 게재된 수치임을 알고 계실 것이다. 그래서 나의 2009년 논문을 쓸 때 나는 정식 국제기구에서 발표한 수치들만 썼다. UN이나 CIA Factbook 등. 그런데 막상 외교 실무에서는, 나와 같은 관찰을 한 서구 경제학자들도 인정하기를, 정식 국제기구 수치들도 하나같이 정치화(politicized)되어 있음을 발견했다. 정치적인 이유로 숫자가 왜곡이 되거나, 측정할 수 없는 나라들은 서구 조사원들이 정치적인 요인을 감안해 대충 숫자를 만들어 넣는 것이다.

예를 들어, 일본 같은 경우는 30,000 미국 달러 초반으로 UN 웹사이트에 등록되어 있는데, 이것도 진짜 숫자가 아니다. 서구 조사원들이 경제 수치를 수집하러 일본에 가면, 일본 사람들은 서구 사람들을 싫어해서, 관광지에서 서구 사람들 보면 바가지 씌우듯, 자신들의 몸값을 1인당 4만 불, 5만 불, 6만 불⋯ 이렇게 마구마구 올린다. 그걸 본 서구 조사원들은 "늬들이 1인당 6만 불이라고? 말도 안 돼, 우쒸" 이러며 1인당 5만 불, 4만 불, 3만 불⋯ 이렇게 계속 깎는다. 그렇게 왔다 갔다 하다가 3만 불이라는 수치가 발표가 되는 것이다. 주한 서구 외교관들 말로는 일본의 1인당 GDP는 넉넉히 잡아 14,000~18,000 미국 달러 사이라고 한다. 일본에 살다 오신 우리나라 교수님들이 인터넷에 올리는 글과 사진을 보니 그 정도가 맞는 것 같다.

한국은 2009년도에도 2023년도에도 UN에 등록된 수치가 1인당 30,000달러 초반인데, 서구 국가 중 가장 낮은 스페인과 똑같다고 뜬다. 서구 국제기구 관료들 말에 의하면, 한국은 서구 국가와 다름없다는 뜻이라고 한다. 서구 국가 중 1인당 GDP 수치가 가장 높은 나라가 노르웨이인데, 주한 노르웨이 외교관 말에 의하면, 대부분의 서구 국가들은 실질 수치가 20,000불에서 30,000불대이고, 노르웨이는 발표된 것처럼 87,932달러나 60,000달러가 아니라, 한국보다 약간 낮은 40,000달러라고 한다. 그 말은 한국이 2018년 전후 1인당 GDP가 43,000달러쯤이었다는 뜻이고, 남북한 1인당 GDP를 노르웨이를 따라잡기 위해 60,000달러를 내가 목표했었는데 그럴 필요가 없이 이미 노르웨이를 초월했던 것이었다. 아뿔싸, 수출 증가 속도에 이미 탄력이 붙어버렸는데 어쩌나. 2025년 지금은 세계에서 유일하게 50,000달러선에 근접했다고 추론해도 크게 틀린 것은 아닐 것이다. 경제 행정 실무에 계시는 관료분들의 얘기에 의하면 남한의 1인당 GDP가 60,000불이 되는 것은, 실질적으로 몇 년 안 걸려 쉽게 달성될 것이라고 하신다.

남한의 수출기업인 분들은, 나의 주장으로 2010년대 후반부터 서구 국가들, 동구 국가들, 그리고 중동의 부유한 국가들에게 전자 제품, 자동차 부품, 그리고 다른 중공업 부품을 대규모로 최대한 빨리 나눠주시기 시작했다. 그리고 결과적으로 그런 나라들, 특히 한국 기술을 귀하게 여기는 서구인들 사이에 한국 중공업 제품들과 부품들의 수요가 급격히 늘어났다고 보고하셨다. 그냥 도의적인 이유로 안 팔리는 재고 품들을 서구 국가의 중공업 도매업자들과 테크 기업에 나눠줬는데, 그로 인해 서구 바이어들과 연결되고 그런 나라들에 대규모로 시장이 형성된 것이다. 대부분 오래 엔지니어 일을 하시다가 중공업 기업을 개업하신 분들인데, "이건 분명히 경제 심리학과 관련 있을 것이다"라고들 말씀하신다. 바로 옳게 보셨다.

내가 어렸을 때 할아버지의 뜻에 따라, 옛날 프랑스령이었던 개도국에 몇 달 살았던 적이 있었다. 그런 나라들은 범죄율이 높고 경찰 부패율이 높아서 치안이 나빠 어린 여학생이 함부로 아무 데나 못 다니는데, 마침 아직도 거기에 살고 있는 프랑스 교민들이 많아서 그 중 프랑스 외교관 인턴으로 일하던 대학생 오빠들이 내가 외출할 때 같이 동행해 줬다. 그중 한 프랑스인 오빠는, 우리가 지금 흔히 알고 있는 한류가 시작하기 훨씬 전부터, 한국 예술 영화 비디오를 수집하는 게 취미였다. 그래서 그런지 이번 2024년도에 서구 관료들이 노벨 문학상으로 한강 씨를 뽑았을 때, 나는 별로 놀랍지 않았다.

다른 한 오빠가 프랑스 작가가 쓴 소설을 추천해 줬는데, 베르나르 베르베르(Bernard Werber)라고 한국에서도 많이 번역되어 읽혀지는 작가였다. 베르베르가 1990년대에 쓴 소설에 보면, "주인공의 형이 돈을 많이 벌어서 한국산 스포츠카를 사서 질투가 났다", 이런 내용이 나온다. 서구 사람들 사이에 한국 중공업 제품이 고급으로 알려진 것은 나의 공로가 아니다. 다만, 서구 도매업자들이나 중공업을 다루는 기업인들에게 최대한 빨리, 최대한 많이 나눠줘서 그들에게 한국 제품에 대한 접근성을 높여주자, 이건 나의 생각이 맞다. 많은 서구 사람들이 많이 쓸수록 더 쓰고 싶어지고, 많은 사람들이 쓰는 것을 보는 사람들이 또 더 많을수록, 더더욱 많은 사람들이 사고 싶어지게 하고 쓰고 싶게 해지게 하자는 전략이다.

단순화해서 예를 들자면, 중공업 제품 A가 있다. 우리나라 소기업에서 직접 몇십 년 동안 현장에서 엔지니어로 일하면서 '이렇게 개발하면 사람들의 삶이 편리하겠다' 이런 마음으로 개발한 제품이다. 그런데 이걸 무료로 서구의 중공업 도매업자에게 준다. 이런 제품의 진가를 알아보는 도매업자는 이렇게 생각한다.


'이 물건은 서구인 기준의 편리함을 크게 충족시킨다. 이 물건은 서구인 기준의 안전함을 크게 만족시킨다. 이 물건(자동차, 전자 제품)은 서구인 기준의 미(美)적 욕구를 충족시킨다.'

→ '이 물건은 서구인 기준의 부(富)와 맞아떨어진다.'

→ '한국은 부자 나라다. 선진국이다.'

→ '이 물건은 원래 우리나라 돈으로 엄청 비싼 거다.'

→ '지금 부르는 값은 그에 비해 아주 싼 거다.'

→ '이 물건을 사고 싶다.'

→ '이 물건을 사야겠다.'

그래서 서구 도매업자는, 시범적으로 물건을 나눠 준 한국 기업인에게서 3-5개 더 산다. 그리고 자기 가게에 진열을 해서 유통을 시킨다. 그래서 보통 서구 시민 B가 결과적으로 사서 쓰게 된다. 그리고 B도 똑같은 생각을 한다 '이 물건은 서구인 기준의 편리함과 안전함을 충족시킨다. 한국은 부자다.' 이런 생각을 하면서 한국 엔지니어의 원래 물건에 담긴 마음과 의도대로 편리하고 안전하게 물건을 쓰면서 행복하게 돌아다닌다.

서구 시민 B가 중공업 제품 A를 쓰며 행복해하는 모습을 100명의 다른 서구 시민들이 본다. 그중 10명이 어디서 샀냐고 물어본 후 같은 유통업체에 가서, 자신들도 행복해지고 싶어 똑같은 제품A를 달라고 한다. 서구 시민 B로 인해 10명이 제품A를 산다. 그리고 그 10명이 똑같이 그 제품을 쓰고 다니다가, 각각 100명의 사람들이 보고 그중 10명씩 또 그 제품A를 찾아 나선다. 그렇게 해서 10×10=100, 총 100명의 서구 시민들이 제품A를 더 사게 된다. 그리고 그 100명이 제품A를 쓰고 다니면서 또 각각 그걸 본 100명 중 10명이 행복해지고 싶어서 그 제품을 수요로 한다. 10×10×10=1000, 즉 $10^3$으로 수요가 느는 것이다.

이건 단순화한 숫자들이고, 경제학을 제외한 많은 사회과학적 법칙들이 그러하듯 숫자가 딱딱 맞아떨어지지 않는다. 하지만 제품A를 최대한 많이, 최대한 빨리, 최대한 널리 나눠 줄수록 이 모델이 성공할 가능성이 높아진다. 여기서, 특히 초창기에는 제품A를 팔 때마다 제값을 따박따박 받아가면 속도가 딱 반으로 줄어든다. 그리고 원하던 제품이 손에 들어오기까지 과정이 너무 어렵거나 오래 걸리면 수요가 사라질 가능성도 높다. 그래서 내가 처음에는 우리나라 관료들과 기업인들에게 돈 받지 말고 그냥 나누어 주라고 한 것이다. 이 조건에서의 수요는 최대한 빨리 충족될수록 그 나라에서의, 서구 문화권에서의 전반적인 수요가 유지가 된다. 수요가 있으면, 한국인이 먹고살기 위해 필요로 하는 외환이 들어올 수 있게 된다.

여기서 자연과학인 물리학에 대한 나의 학력을 깨끗하게 밝히겠다. 고등학교 때는 우리 학교에 대입 준비 과정 프로그램(Advanced Placement)에 물리학이 없어서 공부를 못 했는데, 대학교 때 우리나라에서, 메디컬 스쿨(의과대학 대학원) 가는 학생들을 위해 영어로 물리학 강의하는 게 있어서, 멀리 공대 건물까지 가서 교양과목으로 물리학 입문I(3학년 2학기 때)과 물리학 입문II(4학년 1학기 때)를 들은 게 다다. 그리고 4학년 2학기 때, 사회과학 계열인 외교학 전공이었던 나는 문뜩 이런 생각을 하게 되었다. '자연과학 물리학 개념인 에너지, 속도, 충돌 등에 물체 대신 국제정치학적 개념을 대입하면 어떨까?' 한번 연구를 해 보니 된다.

그런데 이것을 생각한 것은 내가 처음이 아니다. 인터넷에서 옛날 1950년대 한국전쟁 미군 참전용사 할아버지가 쓴 기록을 발견했다. "공산주의의 팽창 에너지와 자유 진영의 보존 에너지가 충돌하는 한반도에서 그 파괴력을 완화시키는 완충국(buffer state)을 역할을 하기 위해 북한이 세워졌다고 본다." 이러신다. 나는 나중에 이 방법으로 전 세계 여러 곳 전쟁이 나는 곳을 관찰하고, 관련된 정치적, 경제적, 사회적 요소들에 간단한 물리학 공식을 대입해, 그 에너지들을 이용하는 전략을 세워 여러 전쟁을 이길 수 있었다.

옛날 아인슈타인의 상대성 이론 중 가장 유명한 공식으로는 에너지와 물질의 상관관계를 표현한 $E=mc^2$가 있다. 우리나라 사람들이 좋은 마음으로 한국 중공업 제품을 서구에(혹은 사우디 같은 서구 기준의 경제력이 있는 나라들에) 많이 나눠 줄수록, 한국이 부자 나라라는 인식이 퍼지고, 상대적 국부가 성립이 되면서, 그 물건에 대한 수요가 늘어나고, 피같은 외환이 들어온다는, 나의 국부의 상대성 이론을 공식으로 표현하자면 이렇다.

(생각의 에너지)$^2$=(물질=외환)

이 공식을, 한번 이런 생각으로 물건을 나눠 주면 팔리는 게 여러 번 제곱이 된다는 뜻으로, (생각의 에너지)$^{2+\alpha}$=(물질)로 할까라고 생각도 해 봤다. 하지만 에너지가 움직이는 모든 지점에서 (한국을 부자라고 생각하는 서구 시민 각각의 1명)상대적 부가 성립이 되어 연쇄적으로 제곱이 된다는 뜻으로 그냥 놔뒀다. 하여간 공식의 물리학 자체는 엉터리다. 공식 어딘가에 속도를 넣어도 될 듯 싶은데. 다만 어떤 생각의 국제정치학적, 국제경제학적 경제 심리학 원리를 도식화한 것으로 보시면 된다.

여기서 생각의 에너지란, 수출 전선에 계시는 기업인들과 엔지니어들과, 관련된 관료들께서는 매일매일, 물론 바쁘시겠지만, 비행기에서 눈 붙이실 때, 혹은 아침에 양치를 하실 때 이런 생각을 내는 것이다.

"한국을 도와주서서 감사합니다. 러시아군과 중국군에게서 우리를 지켜 줄 군대를 보내 주는 귀국 정부의 정책을 지지해 주서서 감사합니다."

"한국인이 우수하다고 생각해 주서서 감사합니다."

"답례로 우리의 귀한 기술이 담긴 제품을 드립니다."

"이 제품으로 인해 삶이 편리해지기를 바랍니다. 안전해지기를 바랍니다. 행복해지기를 바랍니다."

이러시면 된다. 그러면 그 마음이 제품과 서비스에 담겨 한국에 우호적인 나라에서 수요가 계속 올라가게 되어 있다. 우리나라 기업인들은 이미 이것을 눈치채시고 잘 응용하고 계신다. 이 공식으로 인해 수요가 직선으로 올라간 게 아니라 기하급수적(exponentially)으로 올라간 것이다. 자연과학의 상대성 이론이 일본 히로시마와 나가사키에 떨어진 원자폭탄 폭발로 이어졌듯이, 이런 국부의 상대성 이론이 부디 남북한 시민들의 1인당 국민소득 6만 불이라는 원자폭탄으로 이어지기를 바란다. 은유적인 의미로서의 원자폭탄을 말한다. 진짜 원자폭탄 말고.

생각 실험을 해 보자. 바나나 강국인 필리핀이, 똑똑한 사람들을 최대한 많이 동원해서 재고로 남는 여러 종류의 바나나를, 열대과일을 즐기는 다른 개도국 사람들에게 최대한 빨리, 그리고 널리 나눠준다. 다른 개도국 사람들은 자신들이 평소에 즐기는 자기 나라의 열대과일과 비슷하면서 색다른 맛에 매료되어 계속 집에서, 부족 모임에서, 공장이나 농장에서, 학교에서, 사무실에서 계속 필리핀 바나나를 먹게 되고, 그걸 100명의 사람들이 보고 10명이 자신들도 행복해지고 싶어서 필리핀 바나나를 살 수 있다는 곳에 찾아가 사서 먹는다. 그 10명이 필리핀 바나나를 먹는 모습을 각각 100명의 사람들이 보고 그중 10명이 또 필리핀 바나나를 찾아서 사 먹게 된다. 그렇게 기하급수적으로 필리핀 바나나를 먹는 사람들이 늘게 되면, 필리핀의 바나나 수요가 다른 개도국에서 크게 늘어나게 된다.

다만, 필리핀 사람들의 부의 기준이 한국 사람들과 많이 다르기 때문에, 해외에서 수요가 늘어나면 거기에 맞춰서 수출을 늘려도, 바나나 나무를 또 새로 많이 심어야 하고 냉장 유통 시설도 많이 사와야 하기 때문에(한국과 달리 기계에 대한 기술은 많이 떨어지는 편이다), 일감이 엄청 늘어나서 사람들이 싫어한다. "땅이 기름져 우리가 먹을 곡식과 정글의 과일이 풍부하고, 돼지고기를 만들기 위한 돼지 모이도 풍부한데, 외환이 왜 필요하냐! 부의 기준인 여가 시간이 줄어들고 있다! 나라가 가난해지고 있다!" 이러며, 전국적으로 데모가 일어날 것이다. 경제 정책이란 나라마다 다르고 시대마다 다르기 때문에, 그때그때 여러 가지 조건을 살펴 가며 수립해야 하는 것이다. 여기서도 중요한 것은 바나나 농부들과 유통업체들의 마음이다. 상대 국가에 "이거 먹고 콱 체해 버려라" 이런 마음을 내면 안 된다. 그건 동맹국을 바나나로 공격하는 것이다. 생각을 "우리는 동맹국입니다. 우리는 비슷한 나라입니다. 귀국의 열대과일 즐기듯이 필리핀의 바나나를 잡수시고 행복해지시기를 바랍니다." 이래야지 수출 전략이 진정으로 성공을 하는 것이다.

경제에 심리적 요인을 분석하는 것은 다른 분야의 경제학에도 꽤 많이 있다. 미시경제학에서는 소비자선택이론 중 한계효용(marginal utility)이라고, 같은 재화라도 소비되는 양에 따라 만족도가 달라진다는 개념이 가장 나의 기억에 남는다. 거시경제학에는 인플레이션(inflation)의 여러 원인 중, 인플레이션이 생길 것이라는 기대심리가 경제주체들의 의사 결정에 영향을 주고 그로 인해 정말 물가 상승으로 이어진다는 학설(theory)이 있다.

상대적 부(relative wealth)도 이미 많이 알려진 개념이다. 미시경제학에서는 개인 단위로 상대적 부가 있을 수 있다고 한다. 나와 나의 미군 부관은 둘 다 스마트폰이 있다는 점에서 절대적으로는 같은 부지만, 나의 스마트폰은 2015년에 출시된 '은하수 7' 모델이고, 나의 부관의 스마트폰은 2025년에 출시된 '은하수 25 울트라 플러스' 모델이라는 점에서 상대적 부가 된다. 거시경제학에서는 가족이나 계층 단위에서 등 상대적 부가 있다고 한다. 나처럼 해외에서 고생하다가 온 사람에게는 '한국인=1인당 GDP 3만 불의 부자'였지만(2006년도 대학 입학하며 다시 국내로 이사 왔을 때), 막상 한국인 학생들 사이에는 '시골에 살면 가난하고, 서울에 살면 부자다'라는 상대적 부가 있음을 나는 좀 늦게 발견했다. 그리고 그중 서울에 사는 학생들 사이에도 '한남동에 살면 더 부자다'라는 상대적이고 상대적인 부가 있는 것이다.

내가 이야기하고자 하는 국제경제학에서 상대적 부도 이와 비슷하지만 국가 단위에 존재하는 개념이다. 다만 개인이나 가족, 계층 단위와는 달리, 국가들은 각각 경제적 규범이 다르고 경제적 규칙과 선호성이 다르기 때문에, 재화와 서비스를 나눠주는 행위가 있어야 상대적 부가 성립이 된다는 게 나의 이론이다.

예를 들어, 인플레가 심하고 여러 요인으로 인해 국가 경제 생산성(productivity)과 대부분의 노동자들을 위한 노동 복지가 한국보다 많이 뒤떨어지는 미국인데, 막상 남한 50대에서 70대의 지식인들과 관료들 사이에는 미국이 부자 국가이고 선진국이라는 인식이 있다. IMF 때 고생하신 분들에게는 외람된 말씀이지만, 내가 우리나라 사람들을 돕기 위해 국제경제학을 연구하는 사람으로서 발견한 것은, 아무리 고리대금업이라는 악의적인 이유로 그런 것이지만, IMF에 가입한 미국인 채권자들이 한국인들에게 돈을 나눠 주는 행위가 있어서 미국이 부자 나라라는 인식이 있는 것이다.

나눠줌으로 인해 상대적인 부가 성립되는 것은 재화뿐만이 아니다. 내가 2006년 대학교를 다니기 위해 한국에 다시 이사를 왔는데, 대학교 1학년 때 방과 후 많은 미군 남성 친구들과 시간을 보냈다. 그중에 선조가 독일에서 미국으로 이민 간 독일 민족의 미국인이 꽤 많던

환경이었다. 그러다가 대학교 2학년 1학기 때, 같은 강의를 들었던, 유럽의 진짜 독일 국적인 외교관 지망생과 친하게 지내게 되었다. 중간고사 끝나고 유럽 쪽 독일 친구의 하숙집에 놀러 갔는데, 시험 기간이 끝나서 우리 대학의 다른 독일인 학생들도 몇 명 초대되었다. 밤새도록 맥주와 막걸리를 마시면서, 독일어를 못 하는 나를 위해 대부분 영어로 여러 가지 이야기를 나누는데, 한 사람이 "미국은 자기 나라 군대가 강하다고 나댄다" 이런 말을 한다. 독일계 미군 친구들과 생긴 건 똑같은데 정치적 관점이 크게 달라서, 외교학도인 나는 그 상황에 충격을 받았다. 그리고 그 독일 학생이 그런 발언을 직접적으로 한 게 아니라, 서유럽 지식인들이 곧잘 하는 정치와 성(性)을 비유로 하는 말이었다. 미국의 미사일을 남성의 성기에 비유하는. 에헴.

옛날 헨리 키신저를 포함해 독일계 미국인들의 노력으로 독일에 주독미군을 좋은 뜻으로 보내는 것을 패권으로 유럽 쪽 독일 사람들은 인식하고 있었다. 이로 인해 독일인들 사이에 반미정서도 좀 있지만, 나토(NATO)나 UN에서 중요한 과제를 어느 나라에게 맡길까 투표를 부치면, 독일 외교관들은 미국을 강대국으로 인식해 미국에게 한 표를 주게 되어 있다. 실제로 전 세계에서 가장 큰 군대는 미군이 아니라 중국군이다. 전 세계 미군 사이즈가 100이면 중국군 사이즈는 120 정도가 된다.

다른 문화가 충돌하는 상황에서는 선물만큼 효과적인 게 없다. 내가 대학 때 주한미군 사람들 사이에 살 때, 한국 여성과 결혼했는데 장인 장모들에게 인정을 받지 못해서 마음고생하는 장병들을 많이 만났다. 물론 서양 여자들과의 관계에 실패한 백인 남성들이 필리핀, 태국, 베트남, 중국에 가서, 상대하기가 더 쉬운 가난한 나라의 어린 여자와 결혼하는 경우가 흔하다. 이런 나라에 가면 장인 장모에게 약간의 돈만 주면 되고, 부인될 여자들이 백인 여성들처럼 까다롭지 않다고 한다. 하지만 한국은 다르다. 국제적으로 한국 장인 장모들은 경제력이 세고, 한국에서 상대적으로 가난하더라도 범접하지 못할 위엄이 있는 것으로 서양 남성들이 인식한다. 그들이 결혼을 반대해서, 자기들끼리 식을 올리고 혼인신고를 하고 아이들을 낳아서 키운다.

거기에 대해 나는 장인 장모들에게 월급으로 비싼 선물을 갖다 바치라고 조언한다. 그러면 딸이 외국인 사위를 데리고 왔다고 엄청 싫어하던 장인 장모들이, 금시계와 진주목걸이를 받는 순간 생각이 180도 바뀐다. "가만, 미군이면 미국이라는 부자나라의 공무원이잖아"하고 인식되며 입이 떡 벌어진다. 그 후 장인 장모들은 주한미군 장병들이 인종을 초월해 겸손하고 성실한 것을 알아보고, 집도 사주고 옷도 사주고 한다고 한다. 감사하다고 절을 하면, "딸을 데려가 주니 우리가 더 고맙지" 이런다고 한다.

제조 단계에서든 판매 단계에서든 수출 현장에서 "보답으로 이 기술을 드립니다" 이렇게 생각하고 좋은 마음으로 동맹국에게 기여하기 위해 물건을 만들고 나눠주면, 언어가 달라도 눈빛과 행동에 생각이 나타난다. 수십 년 돈만 노리는 악덕 기업이 장악한 경제에 허덕이던 서구 사람들이 거기에 호감을 느끼고 한국 제품에 열광하고 한국인이 운영하는 공장에 일하고 싶어 한다. 미국과 독일의 반기업 경제학자들이 "한국 기업들이 (악덕 기업이 주도했던)경제의 패러다임을 바꿨다" 이렇게 평가하는 것을 보았다. 미국에 있는 남한인이 경영하는 공장에 가서 한국 경영인들의 진실된 눈빛과 모습을 보고, 바이든 대통령이 텔레비전 연설에서 "바이 코리아(Buy Korea)"를 외친다. 미국 악덕 기업이 파는 중공업 제품보다 퀄리티(quality)가 훨씬 좋은 것은 둘째 치고, 한국인들의 윤리경영이 미국 사회에 훨씬 더 득이 된다는 것이다. 그리고 이렇게 생각하면 제품에 대한 엄청난 자신감이 뿜어져 나와, 서구 구매자들이 매력을 느끼고 한국 기업에 대한 인기가 올라가게 된다.

서양 문물, 즉 서구 상품이나 사상 등이 우리나라 사람들에게 좋게 여겨지는 것은 인류 역사적으로 서구인들의 부의 기준과 한반도인들의 부의 기준이 비슷해서이다. 그래서 옛날 조선시대에 양반들이 서학에 열광한 것이다. 같은 이유로 서구인들은 한국의 디지털 기술과 전자 기술, 농수산품, 화장품에 열광한다. 그래서, 그들은 옛날 우리의 절대왕정제 때, 일제강점기 때, 한국전쟁 때, 독재 정권 때, 한국에 군사적, 경제적, 정신적 도움을 많이 줘왔기 때문에(우리나라 분들에게 잘 알려지지 않아서 그렇지, 그런 시기에 서구 지식인들이 한국에 와서 쓴 책들이 많다. 주한 서구 외교관들과 군 요원들, 지식인들은 그런 책을 많이 읽는다), 도의적인 이유로 그들이 부라고 느껴지는 제품들을 나눠주는 게 옳다. 그것들이 그들의 경제에 큰 도움이 된다. 스마트 국방 기술 같은 경우에는 국방에도 도움이 되고.

그리고 이건, 내가 의도치 않았던 것인데, 서구 사람들에게 한국 제품을 최대한 빨리, 최대한 널리 나눠주라고 우리나라 관료들과, 기업인들, 지식인들, 그 외 시민들에게 도의와 논리에 호소하니, 스마트폰과 인터넷으로 정보가 무한히 쏟아지는 IT 시대에는, 오로지 도의적이고 논리적인 경영인들만 움직인다. 이것은 하늘이 우리나라를 도와주고 있는 것이다. 우리가 선진국으로 대접해 주는 서구 국가들은 악덕 기업들이 경제권을 쥐고 있어, 정부와 시민들의 경제적 고생이 극심하고 돈 때문에 죽는 사람들도 많다. 한국만이, 노동자들과 시민들에 대한 공감 능력이 뛰어나고, 치사한 방법이 아닌 좋은 제품과 서비스로 시민의 삶을 증진시키는 윤리경영인들이 수출권과 경제권을 쥐고 있다. 이런 분들은 대기업이든, 소기업이든, 중기업이든, 서구 악덕 기업인들과 반대로 훌륭한 마음으로 "좋은 일에 써 주십시오" 하고 높은 법인세를 쿵, 쿵 내놓으신다. 덕분에 우리나라 복지 재정이 탄탄하다. 우리는 정말 축복받은 나라인 것이다.

이건 내가 2009년 입헌군주제에 대한 논문을 쓰면서 발견한 건데, 사실 원래 입헌군주제인 나라들이 수출과 수입이 공화국보다 더 많다. 국가의 주권을 대표하는 군주가 없으면, 다른 나라가 물건을 수입해 들여올 때 사람들이 "우리 돈을 빼앗아 간다"라고 생각하고, 다른 나라에 수출을 하면 "우리 노동력을 빼앗아 간다" 이렇게 생각하기 쉽다. 입헌군주제인 나라들은, 시민들이 국가에 대한 자신감이 훨씬 더 높아서 다른 나라와 타문화와의 교류가 더 많고, 그 때문에 수출이 더 늘게 된다. 그리고 다른 나라에서 여러 상품을 수입해 와도, "우리나라 경제적 약자의 밥줄을 빼앗아 간다"라는 생각보다, "구입할 수 있는 종류의 상품이 더 다양해지고 다른 나라의 싸고 좋은 상품을 접할 수 있는 기회가 더 많아졌다" 이렇게 사람들이 생각하게 된다.

그러다 보니 외환이 많이 동원되어 금융업이 발달하게 된다. 미국의 정치학 대학원인 케네디 스쿨(Kennedy School)의 한 학자에 의하면, 영국 같은 경우에는 금융업이 발달되어 있는데, 이건 영국의 입헌군주제와 직접적인 관련이 있다고 한다. "고로, 한국도 입헌군주제 도입으로 금융업이 (더더욱)발달하게 될 것이다." 이렇게 그 학자가 예측했다(내가 보기에는 원래에도 한국 금융업이 셌다. 양적으로는 미국만 못 해도 질적으로는 상당한 수준이었다.). 남한의 고위 행정 관료의 말에 의하면 한국은 입헌군주제가 재정건전성으로 이어져서 그 예측이 맞을 거라고 한다.

영국 금융업 이야기가 나와서 잠깐 부차적인 수다를 덧붙이겠다. 영국, 즉 대영제국은 1500년대 전후로 전 세계에 뻗어 여러 나라들과 교역하고 전쟁하고 했는데, 거대한 중국의 명나라와 청나라와 티격태격하다가 결국 1800년대 아편 전쟁(Opium Wars)이 터지고, 홍콩을 포함해 여러 항구도시를 영국 영토로 차지하게 되었다. 1997년 영국이 홍콩을, 이제는 중국 공산당(정식명칭)인 중국에게 반환을 하며 홍콩은 다시 중국 영토가 되었다. 나는 1990년대 말 홍콩에 일 년 살았는데,

그때는 중국으로 반환된 지 얼마 안 돼서, 영국 사람들과 영국인이 경영하는 은행을 포함해 영국 기업들이 많았다. 홍콩 사람들도 다들 영국식 교육을 받아 예의에 대한 개념이 본토 중국 사람들보다 많았다.

2025년대 지금 홍콩은 중국화 돼서 범죄율이 중국 본토처럼 높아지고, 영국 기업들이 많이 떠났다고 한다. 2015년까지만 해도 영국계 은행들이 많아서 "금융업이 세계 1위인 나라가 어디냐"라고 인터넷에 검색하면 홍콩으로 떴다. 우리나라에도 알려진 스탠다드 차타드(Standard Chartered) 은행의 가장 큰 지점이 홍콩에 있다. 1800년대 영국의 빅토리아 여왕이, 영국은 한국처럼 기후와 토질이 빈약해서, 시민들보고 무역업과 금융업으로 먹고살라고 홍콩에 지점을 지어준 것이다. 2005년도에 스탠다드 차타드 은행이 한국의 제일은행을 인수했는데, 아무래도 내가 보기에는 악의적인 인수가 아니었을 가능성이 조금 있는 것 같다. 미국의 비악덕 기업들이 다른 요인으로 망해가는 회사를 선의적으로 사줘서 유지해 줄 때, 인수된 회사의 이름을 그대로 유지한다. SC 제일은행처럼. 영국은 어떤지 모르겠다. 당시에는 IMF 직후라 우리나라에 하도 서구 악덕 기업이 판치던 때라서 미국 기업에 팔렸다는 이야기도 인터넷에 보이는데, 진실은 오로지 당시 제일은행의 행장에게 직접 물어봐야 알 듯하다.

나의 수출 정책의 일환으로 한국이 서구 국가들에게 농업용 디지털 기술을 좋은 마음으로 대규모 수출하려고 했는데, 이 정책은 선한 수출자의 마음이 서구 국가 정부와 시민들에게 전해져 인도주의 성격의 정책으로 변하게 되었다. 2024년부터 한국은 서구 모든 나라들에게 디지털 기술을 농업에 접목한 스마트팜 수출을 확장하게 되었는데, 미국처럼 대농장이 있는 곳에는 비싼 값으로 팔 수 있었다. 서구인들은 한국의 디지털 기술에 열광하므로. 그리고 가난한 농장에는 그들이 살 수 있도록 싼값으로 팔고, 기술 개발이 비싼 경우에는, 서구 국가 각각의 정부에 빈곤층 등록되어 있는 시스템을 이용해, 그 나라 정부의 보조금을 받아, 우리나라의 힘든 농가에 해주듯이 스마트팜을 설치해 주기로 했다. 개도국은 국가 단위에서 자기 나라의 복지에 관심이 있는 사람들이 적어서 빈곤층 등록 시스템이 잘 안 되어 있지만, 서구 정부 관료들은 국가 단위 복지 정책에 관심이 많아 등록 시스템이 잘 되어 있다. 그런 나라 관료들은 남북한의 복지 시스템을 우상화한다. 그래서 그들은 나의 이런 스마트팜 수출 정책 중 빈곤층 상대로 한 부분에 대해 집중적으로 관심을 보였다. 자본주의의 역사가 길어서 그런지 부유한 농장에는 시장 원리로 비싼 돈을 주고 사서 알아서 설치하려니 한다.

서구 국가들의 정부와 주한 대사관에서 전화 문의가 쏟아졌고, 남한 외교부와 농촌진흥청에서는 최대한 많은 디지털 농업 엔지니어들을 끌어모아 한국에 우호적인 모든 서구 국가들에게 프로젝트를 진행하도록 보내 주었다. 서구 국가들의 가난한 농가들에 도착한 우리나라 엔지니어들과 농업 관료들은 서구 관료들의 안내로 그들의 빈곤층을 보게 되었다. 스마트팜뿐만 아니라 1차 산업인 어업과 광업을 위한 스마트 양식장과 스마트 광산을 지어 주기로 했는데, 서구 국가들의 경제 상황이 한국에 비해 많이 떨어져 우리나라 관료들과 엔지니어들이 기겁을 했다고 한다. 나야 상황이 나쁘다고 서구 외교관들과 서구 언론을 통해 많이 들어왔기 때문에 그러려니 했지만, 우리나라 농업 관료들과 스마트팜 엔지니어들의 관점이 궁금했다. 그런 분들 말로는, 옛날 우리가 서구 국가들에게서 원조를 받고, 서구를 부의 기준으로 삼아 새마을 운동을 통해 경제 발전을 했는데, 막상 서구 국가들은 우리나라 새마을 운동 전의 수준을 지금까지 유지했다고 한다. 한국전쟁 때 서구 국가들은 한국인이 좋아서 무리를 해서 경제 원조를 해 줬던 것이다.

원래 이 스마트팜(스마트 양식장과 스마트 광산 포함) 프로젝트는 원래 한국에 식량을 공급해 주는 서구의 부농들을 위한 높은 가격의 고부가가치 제품으로 디지털 기술을 수출하기 위해서 만든 정책이었다. 미국의 밀가루 농장, 옥수수 농장, 소고기 농장, 햄 농장 등. 호주의 소고기 농장, 프랑스의 포도주 농장도 원래 우리의 타깃이었다. 그런데, 전 세계 서구 관료들과 시민들이 가난한 농가에 싸게 팔아주는 부분에 대해 열광한다. 우리야 기술 대국에 복지 대국이기 때문에, 가난한 농가에 싼값으로 스마트 기기를 설치해 주는 것이 별것 아니지만, 서구 국가 관료들은 한국식 복지 정책을 우상화하기 때문에 사막에서 우물 찾듯 허겁지겁 환영 의사를 표시했다. 그리고 그런 나라 관료들은, 국가 크기에 따라 몇천억 원에서 몇조 원씩 긁어모아 서울로 날아와서, 부디 자기 나라의 가난한 농부들, 어부들, 광부들을 위해 스마트

기기를 설치해달라고 했다.

윤석열 대통령을 포함해 행시 패스하신 관료들이 이들을 맞아 주고, 당연히 한국식 복지로 스마트팜 등을 그런 나라들에 설치해 주겠다고 했는데, 주한 서구 외교관들이 자기 나라 관료들에게 물었다. "저 돈 어디서 났냐"고. 서구 국가들은 악덕 기업들의 탈세가 너무 심해서, 남한 IMF 전보다 재정이 훨씬 더 어렵다. 서구 관료들이 대답하길, 악덕 기업이 주류인 부자들에게서 각각 100,000달러(1.4억 원)에서 100,000 유로(1.6억 원)의 긴급 세금을 걷어왔단다. 군병력을 동원해서. 그리고 이건 정말 하신 건데 - 우리나라 관료들은 매번 선비 정신으로 그렇게 몇천억 원, 몇조 원의 많은 돈이 필요 없다고 거절했다고 한다. 수십 년 악덕 기업들에게 지쳐있던 서구 관료들은 그 모습을 보고 큰 감명을 받았다고 한다. 그래도 받아 달라고 해서, 지금 그 돈으로 우리나라 농업 관료들과 엔지니어들이 스마트팜, 스마트 양식장, 스마트 광산을 서구 인구 중 대부분을 차지하는 가난한 사람들을 위해 지어주고 있다. 한국인의 세심함으로 빈곤의 여러 요소들도 많이 고쳐 주고 있다고 한다. 서구의 대통령들과 총리들과 군주들은 연일 이 프로젝트에 대한 만족감을 언론에서 표시하고 있고, 텔레비전과 인터넷 뉴스에는 순 서구 관료들과 시민들의 한국 주도 경제 발전 이야기뿐이다.

한국이 상당 부분 인도적인 이유로 디지털 기술을 세계적으로 나눠 주는데, 왜 서구 국가들에만 나눠 주는가? 아니다. 러시아 때문에 같은 고생을 했던 동유럽 국가들은 남북한 정부와 시민들에게 많은 호의를 보여 줬고, 그런 나라들에게도 많이 보내 줘서 큰 시장이 성립되어 있다. 어렸을 때 홍콩의 우리 학교에 체코 여자애가 있었는데, 그 나라도 한국인처럼 교육을 중시하는 사회라고 한다. 나보고, "나는 서양인이고 너는 동양인인데, 코 모양이 똑같다" 이랬다. 체코인 중에 한국인처럼 우랄어 계열을 쓰는 헝가리와 핀란드에서 온 혈통이 섞여서 그런 것이다. 대학교 때는 기숙사에 폴란드 외교관 지망생이 있었는데, 사고방식이 한국과 동맹인 독일 외교관들과 비슷했다. 동유럽 국가는 1인당 GDP가 8,000~9,000 미국 달러 전후다.

그리고 사우디아라비아처럼 기후는 다르더라도 가치관이 비슷한 나라들이 간혹 있다. 그런 나라에도 좋은 마음으로 디지털 기술을 많이 보내준다. 가치관이 비슷한지 보려면, 한국이 힘들 때 한국에 실질적인 도움을 줬는지를 보면 가늠할 수가 있다. 개도국 중에 노인 학대가 만연하고 예의범절을 완전히 개무시하는 국가들이 많다. 한국인으로서는 외교관이 아니면 기상천외한 현상이다. 명동에 사우디 신사분이 경영하는 아랍 식당에 내가 자주 가는데, 내가 봐온 다른 사우디 남성들처럼 여성에 대한 예의가 깍듯하다. 아랍 국가 중에 부인을 하대하고 학대까지 하는 관습이 만연한데, 아프리카나 인도 등의 남아시아 등 여러 부계 질서인 부족에서도 그렇다. 그런데 사우디 부부들을 보면, 남자가 권리가 더 많은 대신 부인을 잘 돌보아준다. 여자아이들에 대한 교육 정책도 튼튼하고, 여성 주도의 이혼도 쉽다. 요즘에는 여성들이 CEO도 하고 정치도 하고 많이 바뀌는 게 사우디아라비아다. 여성 앵커들은, 2025년에 파격적으로 얼굴을 가리지 않고 서양식 정장을 하고 방송에 나온다. 도덕적 기준이 한국과 비슷한데, 몇 년 전, 사우디 국왕님이 박애주의 일환으로 북한에 석유를 많이 원조해 주셨다. 어떻게 감사의 뜻을 표시할까 생각하다가, 나중에 한국 에어컨과 텔레비전을 왕궁에 설치해 드려야겠다고 마음먹었다. 사우디에서 A/S 되는 걸로.

문제는 한국과 서구에서 소위 후진국으로 불리는 나라들이다. 가난한 나라들은 다들 착하고 욕심이 없어 가난한 나라들이기 때문에 서구 국가들보다 더욱 인도주의적인 도움을 줘야 할 것 같다. 그렇다면 왜 대부분의 개도국들에게는 한국의 디지털 기술로 축복해 주지 않는가? 첫 번째 이유는 역시 부의 기준이 다르기 때문이다. 한국 엔지니어들이 정성을 다해 이용자가 행복해지기 위해 제품A를 만들면, 부의 기준이 같은 국가들에서는 제품A의 가치를 알아보고 존중한다. 부의 기준이 다른 나라들은 제품A의 가치를 못 알아보는 사람들이 대부분이고, 한국 엔지니어들의 수고가, 그들이 쏟아부은 시간이 아무런 소용이 없게 된다. 앞서 말한 개도국 중 가장 대표적인 인도를 생각해 보자. 물론 취향과 가치관이 서구인과 한국인과 비슷한 사람들이 100명 중 하나는 있지만, 대부분의 인도 사람들은 제품A를 무료로 손에 넣으면 가치를 잘 모르고, 성스러운 강인 갠지스의 오염된 강물에 처박아 버릴 것이다. 한국 엔지니어들은 시간을 낭비한 것이고, 인도의 공해도 나빠지게 된다.

여기서 부의 기준의 차이는 두 번째 문제인 수출 정책의 현실성 문제로 이어진다. 인도인들이 한국의 디지털 기술의 가치를 몰라주더라도, 꾸준히 나눠주는 정책으로 인도인들의 마음을 어떻게든 바꿔서 인도에서 수요를 만들었다고 치자. 인도인들이 한국 디지털 제품을 더 사기 위해 그들이 부로 여기는 것으로 지불할 것을 가지고 온다. 인도인들이 귀하게 여기는 향신료는 서구인들이 그렇게 많이 값을 쳐주지 않기 때문에, 한국인이 필요한 외환으로 바꾸면 몇 달러가 안 된다. 그래서 제품A를 만들고 팔기 위한 인건비, 재료비, 운송비에서 큰 적자를 보게 된다. 한국인도 먹고 살아야 하는데, 인도인들에게 외환을 위해 물건을 수출을 하면 실질적으로 외환을 많이 잃게 된다. 안 팔리는 재고만 나눠주더라도 그건 국가와 국가 간의 행위이기 때문에 운송비와 시간이 많이 들어 큰 손해를 보게 된다.

하긴, 개도국 중에도 한국인이 쓸 수 있는 금이 많은 광산이 있는 나라들도 있기는 하다. 그런 나라 사람들도 인도처럼 향신료와, 따뜻한 날씨와, 열대과일을 즐기며, 한국 디지털 기술의 가치를 잘 모르는 사람들이 많다. 그들에게 우리가 기여를 할 수 있는 게 뭐가 있을까? 열대과일처럼 달고 말캉말캉한 식감을 가진 홍시라면 그들이 가치를 부여해 줄까. IMF 때처럼 긴급하게 많은 금이 필요하게 되면, 금광이 있는 개도국 사람들에게 좋은 마음으로 홍시를 대규모로 나눠 줘 보자. 홍시의 달짝지근한 맛에 매료된 그 나라 사람들이 금괴를 싸 들고 와 홍시를 더 팔아달라 할 것이다.

IMF 이야기가 나온 김에 한마디 덧붙이겠다. 사실, 우리나라도 시간이 흐르며 기술이 바뀌고 경제가 바뀌고 하면서 사람들의 범죄 방식이 바뀌듯이, 이 세상의 200여 개의 나라들도 각각 기술과 경제와 정치, 문화가 바뀌기 때문에 앞으로 어떤 IMF 수법 같은 경제 범죄가 한국으로 들어올지는, 100% 예측해 드릴 수가 없다. 해외발 범죄가 남북한 시민들을 괴롭히는 것이 언제 생길지, 어떻게 생길지 미리 알았더라면, 나는 시간을 거슬러 올라가 러시아군과 중국군이 북한 시민들을 괴롭히는 것을 막았을 것이고, 러시아군이 천안함과 세월호를 폭침하는 것을 막았을 것이다. 시민들의 복지만 생각하던 우리나라의 점잖으신 분들이 IMF가 사기꾼 단체라는 것을 어떻게 아셨겠는가. 다만, 전 세계 여러 전쟁에 전략가로 참전하며 발견한 것은, 무기로든 돈으로든 다른 나라 사람들을 괴롭히는 자들은, 정당방위가 아닌 한, 인간의 욕심을 위해 그러는 것이고, 그러는 자들은 한없이 어리석기 그지없다는 것이다. 인간이 만든 문제는 인간이 해결할 수 있다.

그리고 한국이 개도국들에 디지털 기술을 안 나눠주는 등 잘 도와주지 않는 세 번째 이유는, 부의 기준이 다른 국가나 종족들은 한국과 도덕에 대한 기준이 다른 나라들이 많기 때문이다. 한국에서 범죄로 보는 살인, 강도, 사기, 횡령 등이 보통 사회적 상호작용(social interaction)인 경우가 대부분인 나라들을 말한다. 서구 국가들은 한국과 범죄의 기준이 비슷하고, 경제 범죄자들이 한국보다 많기는 하지만, 범죄율과 정부 부패율이 개도국보다 많이 낮다. 그런 나라 정부들과 시민들에게 한국식으로 잘 해 주면, 비슷한 도덕적 기준으로 한국인에게 반응한다. 나는 그런 나라들을 '한국식으로 잘 해주면 이익이 되는 나라'라고 한다.

반대로, '한국식으로 잘 해 주면 해가 되는 나라'들이 있다. 북한 사람들이 동맹으로 믿어줬던 러시아인들과 중국인들이 여기에 속한다. 북한 사람들이 러시아인들에게 잘 해 주니 그들은 한국의 황제가 되기 위해 많은 남북한 시민들을 죽였고, 북한 사람들이 중국인들에게 잘 해 주니 그들은 북한인들의 돈과 식량을 모조리 빼앗아 가 많은 사람들이 굶어 죽었다. 베트남 정부는, 또 한 예를 들자면, 총칼을 가진 군대를 움직이는 관료들의 정부 부패율이 너무나 높고, 필리핀의 많은 종족들은 살인강도율이 너무나 높아서, 그런 나라들에 가면 남북한 시민들께서는 7급 이상의 우리나라 외교관의 행동 지침에 귀 기울여, 아무한테나 한국식으로 잘 해 주지 않도록 조심하시길 바란다. 이런 국가나 부족의 사람들은, 위에 언급한 것처럼 사실 선물을 나눠주는 게 좋기는 한데, UN 평화유지군이 있는 곳에서만 하는 등, 안전한 조건에서만 해야 한다. 아프리카나 중남미에 한국 외교관이 없는 나라에 가게 되면, 한국과 도덕적 기준이 같은 영국과 프랑스 외교관의 도움을 받자. 나는 홍콩 살 때에서 등 그들 덕을 많이 봤다.

한국식으로 잘 해 주면 한국인에게 이익이 되는 나라들과 한국인에게 해가 되는 나라들의 이익과 해의 수준에 숫자를 매기면, 다음과 같은 스펙트럼(spectrum) 표를 만들 수 있겠다.

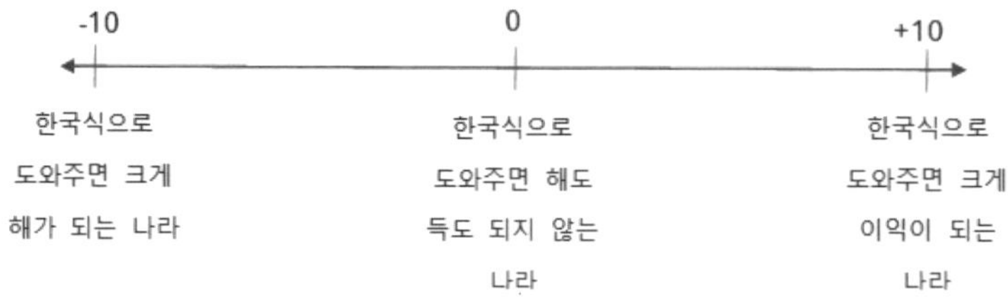


여기서 한국식으로 도와주면 이익이 되는 나라는, 도덕적 기준이 같은 서구 국가들이나 사우디아라비아 같은 나라들이 되겠다. 그런 나라들은 +8.0에서 +9.3 정도에 해당할 것이다. 부의 기준이 다른 개도국들 중에서도 한국과 도덕적 기준이 비슷한 나라들이 간혹 있다. +1.9에서 +4.5 정도 되는 이런 나라들에게는, 외교부 관료들이 가서 세계 최고인 한국식 수도 사업을 해서 물 문제를 해결해 주고 있다. 정부 부패율과 한국 기준 범죄율이 높더라도 간혹 양심적인 사람들이 있는 나라들이 있다. 그런 나라들은 외교관들이 정확히 상황을 관찰하고 한국인에게 해가 안 되도록 조심스럽게 도와준다. 러시아와 중국은 -9.4에서 -8.3 정도에 분류할 수 있겠다. 이런 경우에는 전쟁 전략가인 내가 개입해서 남북한 시민들을 최대한 지켜드린다. 중국 정부와 중국인에 대한 이야기는 '제3장 중국이 G2가 못 되는 이유'에 자세히 설명하겠다. -10은 식인 문화가 있는 종족들이다. 그런 사람들한테는 한국식으로 잘 해주면 한국인을 구워 먹거나 삶아 먹는다. 남북한 시민들이 요즘 육류와 유제품을 많이 섭취하시니 한국인 고기가 맛있기는 하겠다.

해로운 나라 사람들도 인간이니 인도주의 정신에 입각해 도와줘야 하지 않는가. 나의 주된 업무는 남북한 시민들을 안전하게 지켜드리는 것이다. 그렇기 때문에 우리 시민들을 해로운 종족들에게 보내 위험에 처하게 하면 하늘나라에 계신 할아버지한테 크게 혼난다. 그렇게 해로운 나라들에 가서 살인자들을, 강도들을, 전쟁범죄자들을 도와주는 우리나라 사람들이 꽤 많기는 하다. 종교 단체들이 가서 한국 도덕 기준을 교육시키는 경우도 있고, 의료적으로 도와주는 국경 없는 의사회도 있다. 그런 분들을 보고 영국 외교관들이, 프랑스 외교관들이 한국인 우수하다고 하는 것이다. 1500년대 항해술이 발달하면서, 많은 서구 선교사들이 인도주의적인 이유로 그런 종족들에게 서구식 도덕적 기준을 주입해 왔다. 500년이 지난 지금도, 글쎄, 그런 나라 사람들의 범죄율과 정부 부패율을 근본적으로 바꿨다고 보기는 어렵다고 나는 생각한다.

## 인간의 본성으로 생겨나는 잔챙이 군벌들

나는 나대로 개인적으로 그들을 돕기 위해 전략적인 측면에서 영국군, 프랑스군, 미국군, 그리고 UN군을 도와 전쟁에 참여했다. 나의 전략으로 대부분의 주요 아프리카 군벌들을 잡아들인 게 2012-2015년이었는데, 요즘 인터넷 유튜브 방송에 국경 없는 의사회가 모금 활동하는 광고 내용을 들어보면, 아프리카 여기저기에 잔챙이 군벌들이 다시 생겨나고 있다. 그냥 인간의 본성인 것이다.

이번 장(chapter)에서는 국부(國富, national wealth)의 존재를 가늠할

때 부(富)의 기준이라는 축(軸, axis)을 더하면 국부의 상대성(relativity)이 생긴다는 이론을 정립하였다. 그리고 현재 남북한의 수출 정책에 이 원리를 활용하면 어떻게 생각의 에너지가 물질로 변하는지의 과정도 살펴보았다. 이 장은 주로 우리나라의 경제학자들을 포함한 박사 학위 소유자들, 행정부·입법부·사법부의 행정고시·사법고시 패스하신 분들, 대학 졸업하신 기업인들·공무원들·시민분들, 그리고 고등학교 졸업하고 좋은 일을 하고 계시는 분들을 위해 쓰여진 것이다. 그래서 우리끼리 하는 말인데, 내가 2006년 대학 입학을 위해 귀국했을 때, 서울 이태원에 몇 달 살았던 적이 있는데, 전 세계의 많은 국적의 사람들이 오고 가는 중에, 인도가 후진국이라는 것을 모르는 우리나라 사람들을 만났다. 고등학교 사회 시간에 졸았던 것이다(이런 부류의 사람들은 춤에 대한 재주가 많다. 춤에 대한 책만 읽는 듯.). 그런 사람들은 후진국이 무슨 뜻인지도 모른다.

그런데, 상대적 국부의 차원에서는 오히려 박사 학위 가진 사람들보다 고등학교 사회 시간에 졸았던 사람이 더 옳다. 부의 기준에 따라 후진국의 정의가 바뀌는 것이다. 서구 국가들이 1인당 국민소득이 20,000 미국 달러에서 40,000달러라고 할 때, 한국 경제는, 자국과 동맹국 정부와 시민들에 대한 공감 능력이 높고 우수한 두뇌와 성실함으로 승리하는 경영인들이 수출권과 경제권을 장악하고 있기 때문에, 절대적 수치는 1인당 50,000달러라고 해도, 상대적 국부는 이미 1인당 국민소득 100,000달러라고 해도 무방할 것이다.

# 제3장

# 중국이 G2가 못 되는 이유

중국인들의 국민성이 어떤 줄 아시는가. 중국 정부가 14억 명의 중국 시민들에게 방송과 신문으로 다음과 같은 제안을 한다고 치자.

1. 2007년 현재, 중국과 북한의 국경에, 57년 동안 한국인들을 지키고 있던 무서운 귀족이 없어졌다(우리 할아버지).

2. 중국 공산당 치하의 14억 명 시민들에게, 아무런 보호장치 없이(중국인들은 안전에 대한 감각이 없음), 중국산 총을 하나씩 줄 테니, 북한과의 국경 이남으로 쳐 내려가 돈과 식량 등 북한 사람들에게서 모든 것을 빼앗아 온다.

3. 북한인들에게서 빼앗은 것을 50:50으로 나눠서, 반은 중국 공산당 간부들이 갖고, 반은 쳐 내려간 중국인 개인이 직접 갖는다.

4. 대가리 수가 많으니, 이 제안을 거절해도 불이익은 없다.

만약 중국 정부가 이런 제안을 한다면, 99.999%의 중국 시민들은, 일하지 않고 돈을 벌 수 있으므로 승낙을 해서 한반도로 쳐내려올 것이다. 그리고 이게 언제나 중국 공산당이 국경을 같이한 소수민족들을 상대할 때 써온 수법이다. 1950년대 6.25 사태를 포함해서. 이게 우리나라와 서구 동맹국들에게 겉으로 보이는 인해전술의 정책적 메커니즘이다. 이 제안을 거부할 소수의 중국인, 즉 14억 중 0.001%의 양심적 병역거부자들은 140만 명 정도 되는데, 남한의 대전광역시 정도의 인구다. 이 책에서는 이들을 '소수의 양심적인 중국인'으로 지칭하겠다.

중국의 외교정책을 시각적으로 이해하려면, 스마트폰으로 중국의 지도를 찾아보자. 한국과 위도가 비슷한 수도 베이징을 아날로그 시계의 중심축으로 봤을 때, 2시 방향이 중국-북한 국경이다. 그리고 시계 방향으로 쭉 내려가 보자.

2시 방향 텐진 시에서 3시 방향 상하이 시, 5시 방향 홍콩과 광저우 시: 1800년대 초중반 아편 전쟁 이전부터 영국군과 프랑스군이 중국에 들어가면서 이런 도시들을 점령해, 영국과 프랑스 등 본국의 법을 적용하여(extraterritorially) 1950년까지 통치했다. 홍콩은 1997년도 영국이 중국 공산당 정부에게 반환했다. 독일이나 미국 등 다른 서구 국가들도 더 작은 규모로 이런 항구도시를 점령했었다.

6시 방향에 베트남과의 국경: 서구 인류학자마다 다 조금씩 다르지만, 내가 고등학교 때 쓴 미국 세계사 교과서에 의하면, 중국의 대다수를 차지하는 한족(漢族)과 베트남족을 같은 민족으로 분류한다. 베트남은 중국과 같은 사회주의 국가로써, 정부 부패율이 똑같이 높다. 베트남에서 알아서 중국 공산당에 뇌물을 갖다 바치기 때문에, 두 나라가 사이가 좋다. 중국인 유튜버들이 음식 탐방 여행한 것을 보면, 서구 음식이나 한국 음식은 향신료가 없어 밋밋하고 맛이 없는데, 베트남 음식은 중국 음식처럼 향신료가 많고 여러 가지로 비슷해서 베트남은 중국과 비슷한 좋은 나라라고 말한다(제2장: 국부의 상대성 참고).

8시 방향에 티베트 자치구: 남북한과 달리 중국이 성공적으로 잡아

먹은 케이스. 1950년도에 중국 공산군이 한반도로 쳐 내려가다가 우리 할아버지와 주한미군, UN군에 의해 막혀 못 내려가지만, 티베트는 그러지를 못해서 수십 년 중국 공산군 치하에 억압되어 살아왔다. 중국 공산주의 교육을 강요당하고, 종교와 문화가 업신여겨지며, 세금을 바치고, 반대하면 잡혀가 고문당하고 살해당해 왔다. 2015년, 중국 공산당 간부가 본심을 드러내 놓고 성명을 발표한다. "우리는 남북한이 티베트처럼 되기를 바랐는데, 새로운 여제를 보니 함부로 못 대하겠다." 참고로, 티베트족은 중국의 대다수인 한족과 다른 인종이다. 내 눈에 봐도 옆 광대뼈가 좀 더 높고 눈이 더 찢어졌다. 언어도 다르고 불교를 믿어 사회학적으로 많이 다른데, 같이 산다는 게 얼마나 고역이었겠는가.

10시 방향에 신장 위구르 자치구: 이쪽도 중국 대다수 민족인 한족(漢族)과 다른 민족인 위구르(Uighur)족들이 사는 지역이다. 이들은 남방민족인 중국한족들과 달리 터키족 계열이며, 옛날부터 중앙아시아 사막의 교류를 주로 하여 문화적으로 언어적으로 아랍 쪽 영향을 많이 받았다. 생김새는 극동 아시아 민족들에 비해 아랍인이나 터키인과 더 비슷하게 생겨, 눈이 크고 미간이 좁으며 콧대가 높고 좁다. 이쪽도 1950년대 이후 티베트처럼 중국 공산주의 교육을 강요당하고, 그들의 이슬람 종교와 문화가 업신여겨지며, 세금을 바치고, 반대하면 잡혀가 고문당하고 살해당해 왔다. 그리고 이것은 나와 미국 중앙정보부인 CIA만 알고 있는 것을 독자님에게 알려 드리는 것인데, 위구르족들은 중국 공산당에 대한 반정부 활동을 하면서, 북쪽에 있는 러시아의 지원을 많이 받고, 러시아에 편입되기를 바라고 있었다. 러시아는 남부 국경에 이렇게 서양인과 동양인 중간에 있는 소수민족들이 많다. 러시아와 중국은 사회주의 국가들끼리 서로 도왔지만, 위구르족에 대해서는 보이지 않게 서로 싸웠던 것이다.

12시 방향에 몽골과의 국경과 내몽고 자치구: 몽골 민족들은 한국과 유전적으로 가까운 북방 민족인 우랄-알타이 계열 민족이다. 생김새와 언어가 남방 민족인 중국 민족보다 한민족에 가깝고, 몽골국에는 반중국 민족주의자들이 많다. 몽골은 90년대 소련이 붕괴되기 전까지는 위성국가였고, 사회경제적, 문화적으로 러시아에 호감을 느끼며 관계가 깊다. 청나라 때인 1700년대에 중국인들에게 400,000명 넘게 몽골인들이 학살당한 이후, 현대 몽골인들에게는 아직도 중국인들에 대한 감정이 안 좋다. 1950년 전후에 중국 공산당이 몽골인들에게서 영토를 크게 빼앗아 와 내몽고 자치구라고 명명하였다. 이 자치구에서도 물론 몽골의 언어와 문화가 박해당하며 중국 공산주의 교육과 세금을 강요당한다.

만약 우리 할아버지가 돌아가신 후, 주한미군이 물러가면 어떻게 되는가. 북한에서 활발하게 활동하던 러시아인들이 남한으로 내려와, 한민족과 같은 계열인 우랄어족의 민족들과 알타이어족의 민족들을 군사적으로 점령해 그들 특유의 점령 방식으로 지배했던 것처럼, 남북한 시민들은 가혹한 노동을 공산주의의 이름으로 강요당하고 하루가 멀다 하고 야만적인 살육이 자행되었을 것이다. 이 러시아 요소를 제외하면, 중국 공산당 요소가 있다. 거대한 대가리 수를 동원한 중국군이 쳐들어 내려와, 우리 할아버지가 돌아가신 2007년도부터 러시아가 항복한 2015년까지 북한에서 그랬던 것처럼, 중국 공산당 간부들의 욕심을 채우기 위해 돈과 식량과 돈이 될 만한 모든 것을 강탈해 갔을 것이다. 그리고 티베트 자치구나 위구르 자치구처럼 조선족 자치구로 전락해, 모든 외교권, 경제권 등 자주권을 박탈당했을 것이다.

남북한 사람들은 원래 타고난 두뇌와 성실함이 있어 건설업이 발달되어, 건축물의 수준이 아주 높지만, 개발도상국의 모든 나라가 그렇듯이 중국인은 건축물의 수준이 많이 떨어진다. 중국의 관공서나 학교들은 그냥 시멘트의 날림 공사다. 중국 대륙은 미국처럼 토지가 좋아서 사람들이 일을 하지 않아도 식량이 쉽게 자연에서 나오지만, 한반도는 여러 지리적, 기후적 이유로 자연에서 식량을 구입하기가 훨씬 어렵다. 거기에 중국 공산당 간부들을 위해 식량을 갖다 바치고, 수출권이 박탈되어 외환도 벌지 못하게 되면, 남북한 시민들의 복지는 바닥을 치게 된다. 한민족이라는 일개 소수민족들이 죽어간다고, 중국 공산당 간부들이 신경을 쓸 것 같은가. 중국군의 강요로 우리 학교와 시민들 아파트가 중국식 날림 공사로 지어진다면, 한반도 특유의 가혹한 기후로 인해(3면이 바다라는 것도 상관이 있다고 한다), 시민들은 겨울에는 얼어 죽고 여름에는 온열질환으로 죽어 나갈 것이다.

나는 2000년대 초반, 할아버지의 명령으로 중국으로 가서 일 년 정도 살게 되었다. 홍콩에서 약 1시간 정도 되는 중국의 항구도시였는데, 베이징에서 정치대회를 하는 중국 공산당 간부들의 여름 별장이 모여 있는 곳이었다. 날씨가 따뜻하고, 중국 사람의 입에 맞는 향신료와 열 대과일이 많이 나는 곳이라 그랬을 것이다. 현재 주한 이탈리아 대사 관 외교관들 은 나에게 너무나 공손하고 한국인을 존중해주는데, 이탈 리아 사람들은 품위 있게 식문화에 관심을 갖는다. 반면 중국 사람들 은 문화적으로 천박하게 식문화에 집착한다. 집은 날림공사를 짓고 옷 은 촌스럽게 입고 다니지만, 위생이라는 개념이 없고 도시든 시골이든 공해가 심해 더럽기 그지없지만, 음식은 기름 넣고 향신료 넣고 요란 하게 해서 먹는다. 중국 공산당 간부들은 중국군을 동원해 끌어모은 돈으로 매일 자기들 좋아하는 돼지고기와 흰쌀밥을 해서 먹는다.

그들의 여름 별장이 모여있는 항구도시에는, 고위 간부들의 손자 손 녀들과, 중국 전역에서 군 간부들에게 충성할 아이들을 뽑아온 것을 모아와 특수 교육을 시키는 학교가 있었다. 다들 적국인 서구 국가에 한 번씩 첩보 여행에 갔다 와, 영어를 잘 하고, 서구인들의 반중 정서 를 직접 경험하고 온 아이들이었다. 이 학교에서는 공산주의 사상 교 육과 중국 인민들을 사로잡을 연설법을 연습시킨다. 나도 거기에 일년 다니면서 중국 공산당의 수뇌부를 관찰하고 왔다.

중학교 때, 친부를 따라서 홍콩으로 가서 일 년 살다 올 것이라고 하 니, 미국 중학교 선생님 한 분이 책 한 권을 사주셨다. 미국 작가 펄 벅 (Pearl Buck)이 쓴 '대지(The Good Earth, 1931)'라는 소설이었다. 이 선생님의 아버지가 한국전쟁에 참전하여 중국군과 싸우다가 미국에 돌아와서 중국인 욕을 많이 했는데, 그 책에는 중국인의 국민성과 근현대 역사를 펄 벅이 직접 겪은 게 적혀져 있었다. '대지'는 3부작인데, 제2부 '아들들(Sons)'에는 우리가 소위 일제강점기라고 불리는 1910년대에서 1940년대까지의 중국의 실제 역사가 자세히 나온다. 남한 교과서에는 "그 당시에는 중국도 일본에게 점령당해 한국인처럼 착한 중국인들이 많이 죽임을 당했다"라고 거대한 오류를 범하는데, 당시 중국인들은 청나라 멸망 이후로 중국 전역에서 여러 군벌들이 일어나 전쟁을 일으켜 서로 죽고 죽이고 고문하고 강도 짓하고 온갖 살육을 저지르고 있었다. 영어 위키피디아에 "Warlord Era(군벌 시대)"라고 검색하면, 당시 서구 외교관들이 목격한 중국인의 실상이 나온다. 중국의 군벌 시대가 1916년도에서 1928년도라고 표기하는 서구 학자들이 있지만, 나는 외교관으로서, 청나라 멸망 날짜인 1912년도에서 마오쩌둥의 중국 통일인 1950년도로 본다. 군벌들은 모두 일하기 싫어서 무기를 잡고 약탈하기 위해서 조직원들을 모은다. 그리고 어느 정도 권력을 잡고 나면 많은 뇌물과 세금을 걷고, 그걸로 다들 요리사들을 고용해 자기들 식문화 집착을 충족하기 위해서 모든 시간을 보낸다.

중국 통일을 한 마오쩌둥도 그중 하나일 뿐이었다. 다만, 그가 사람들을 동원하기 위해 사용한 공산주의 이념은, 마오이즘(Maoism)이라고 하는데, 이건 가장 많은 사람들을 동원하는 데 성공을 해서, 다른 군벌들을 다 제압하거나 타이완으로 보내버리고, 중국 통일을 성공한 것이다. 그를 따르던 공산당 수뇌부 간부들은 많은 돈을 벌었고, 2000년대 초반에는 그들의 손자 손녀들과 전국에서 당에 충성할 아이들을 모아, 마오이즘 전통을 지켜 그들의 경제권과 군사권을 지키는 정부를 유지해서 물려줄 프로젝트를 진행하고 있었다. 나는 주중에 그 학교를 다니면서, 할아버지가 붙여 주신 조선족 이모님이 싸주시는 도시락을 가지고 가서 먹었다. 요즘은 조선족들이 다 중국식 교육을 받아 중국화가 되어 범죄자가 많지만, 나를 돌봐주던 이모님은, 부모님이 일제 강점기 때 하얼빈으로 이민 간 부류로서, 한민족의 성실함을 가지고 있던 분이었다. 북한은 성씨가 어디 성씨인지 따지는 문화를 없앤 지 오래지만, 남한에서 북쪽으로 올라가면서 북한은 건너뛰고 조선족이 많이 사는 중국 동북지방에는 남한에서처럼 어디 성씨인지 서로 구분했다고 한다. 아마 이것도 지금 중국화된 세대에서 없어졌을 것이다.

나의 조선족 이모님은 안동 김씨였다고 하는데, 내가 개발도상국 갈 때마다 그렇듯이 중국에서 여러 가지로 힘든 것을 알아주고, 서울 사람들 먹는 음식을 알아내어 도시락을 싸주었다. 한번은 이모님이 중국 사람들이 잘 안 먹는 잡곡밥에, 기름기 없는 계란말이와 시금치 무침을 해줘서, 내가 점심시간에 도시락을 열었는데, 공산당 후계자 남자애들이 다가와 소리친다. "이게 뭐야! 변방의 소수민족들이 먹는 음식이잖아! 너무 맛없다! 으웩!" 이런다. 식문화를 세상 모든 것의 중심으로 보는 중국인들에게는 이건 엄청난 욕이다. 그 학교 다니면서 서너 번 그런 일이 있었다. 요즘 유튜브로 중국인들의 세계관을 보면, 중국인들 기준에 맛있는 음식을 가진 나라들은 좋은 나라고, 중국인들 기준에 맛없는 음식을 가진 나라들은 후진 나라고 적국이다. 우리가 아무리 대한민국 최고라고 해도, 8억 명의 서구인들이 아무리 남북한 사람들 우수하다고 해도, 이 세상 14억의 중국인들에게는 변방의 후진국인 것이다. 그것도 옛날에 자기 나라 항구를 점령했던 영국과 프랑스를 끌어들여(북한), 주한미군을 끌어들여(남한) 쳐들어 내려가지 못하게 하는 건방진 소수민족인 것이다.

시간은 흘러 2015년, 대한민국 서울. 나는 마음이 답답해 아이쇼핑(window shopping)이라도 하려고 명동에 갔다. 명동거리에 중국인 관광객이 쉴 새 없이 쏟아지듯 거리에 가득 차 있다. 그때는 나를 위한 주한미군 경호가 정식적으로 부대가 형성되어 배치된 지 얼마 안 되어서 100미터 반경 안에 미군 요원들이 잠복하며 움직였으나, 그렇게 중국인들이 여과되어 지나다니고 있었다. 그중 한 내 또래의 20대 남자애가 보이는데, 눈빛이나 언행이 분명히 공산당 후계자다. 세계 여러 나라를 돌아다니며 염탐하고 온 기색이 있고, 충성이 증명되어 중국군 고위 장교로 임명되기 직전인 새끼다.

90년대부터 한국 드라마, 영화, 가수들이 중국으로 들어가면서, 중국 부유층 여자애들이 가끔 '한국 문화도 특색 있는 소수민족 문화다'라는 비주류 관점을 가지고 나에게 잘해 주곤 했다. 또 그런 걸 보고 중국인들이 한국으로 돈 모아 관광 오는 것인데, 그중에 특수학교에서 교육받은 중공군의 미래 리더가 한국에 들어와 그 사이에 섞인 것이다. 이 새끼 눈빛에 어마어마한 분노가 드러난다. '변방의 소수민족 주제에 이렇게 서구식으로 부유하다니. 북한 놈들은 우리 항구를 점령한 영국과 프랑스와 친하게 지내고. 남한 놈들은 주한미군을 끌고와 38선 이하로 못 쳐 내려가게 하고. 분하다. 하지만 언젠가 티베트처럼 점령해서 다 빼앗아 버리리라' 이런 생각을 하고 있는 게 고스란히 보인다.

나는 중국의 학교에서 공산당 후계자 애들한테 소수민족이라고 천대받고 무시받던 기억이나(미국에선 오히려 부자 나라에서 온 우수한 민족이라고 대접받고 살았다), 손가락으로 눈 밑 꺼풀을 늘어뜨리고 혀를 내밀며 "메롱메롱메롱" 이랬다. 그러자 옆에 있던 미군 장교들이 자기 몸을 방패 삼아 내 앞을 가로막고 허리에 찬 권총에 손을 댄다. "폐하, 그러시면 큰일 납니다. 저런 자들은 그렇게 약 올리면 공격적으로 변합니다." 이런다. 잠복해 있던 요원들이 우르르 모여들어 에워싼다. 아 그렇구나. 흥칫뿡이다. 그냥 그 자리를 지나갔고, 미군 요원들은 다들 제자리로 돌아갔다.

그날 내가, 우리 할아버지가 돌아가신 시점인 2007년부터 2015년까지 중국군이 북한에 들어와 약탈을 일삼고 있다는 것을 알았더라면(나는 나중에 2016년도 국제법상 통일되고 나서 알았다. 북한 관료들 말로는 러시아군이 북한 사람들을 죽이고 세금을 걷어가는 동안, 중국 공산당의 군대가 떼거지로 들어와 돈과 식량을 모조리 훔쳐 갔다고 한다.), 미군 스나이퍼들을 시켜 그 공산당 후계자 새끼를 죽여버리라고 지시했을 것이다. 하긴, 그때 명동에 우리나라 사람들도 많아서, 시민들 놀라니까 죽이지 않는 게 나은 것이었다. 그 대신 2016년인 1년 뒤, 나와 주한미군 장교들과 미국 본국의 6.25 참전용사 할아버지들은 영국군, 프랑스군, 그리고 UN군을 설득해 베이징을 침공했다. 3000명에서 4000명 되는 중국 공산당 간부들과, 내가 다닌 중국의 특수학교에 다니던 간부들의 손자 손녀 등 후계자들과, 많은 중국 군인들이 국제 사법재판소(ICJ, International Court of Justice)에 회부되어 결국 재판받고 사형당하고 있다. 대가리 수가 워낙 많이 2025년 지금도 재판과 사형이 진행 중이다.

중국 공산당 간부들이 중국의 공교육 시스템을 통해 후계자들과 충성하는 아이들에게, 또 중국 인민들에게, 그들의 뇌물과 세금을 받는 정권을 유지하기 위해 어떤 사상을 교육시키는가? 자세한 내용은 미국 작가 펄 벅의 '대지'(1931)의 3부작 중 제3부 '분열된 일가(A House Divided)'에 주인공 위안의 사촌 동생 멩이라는 인물 묘사를 통해 자세히 나온다. 1912년에서 1950년까지의 군벌 시대의 혁명 사상은 2015년까지 군 고위 관료 후계자들과 보통 중국 인민들에게 그대로 교육되어 전해지고 있었다. 이들은 한민족이 도덕 기준으로 보는 유교 사상을 구식이라고 규정하고, 무력을 통해 타파해야 한다고 한다. 노인 공경 사상이나, 예의 등 남북한 사람들이 당연하다고 여겨지는 유교 사상들을 다 버려야 한다고 한다. 주중 남한 외교관 말에 의하면 다른 개발도상국들과 마찬가지로 약한 노인을 상대로 한 범죄가 많다고 한다고 최근에(2025) 들었다.

(참고로, 남북한은 국방과 수출 때문에 외교권이 경찰권보다 세지만, 러시아와 중국은 당 간부들이 다 군인이자 경찰이라 경찰권이 세고, 외교권이 아주 약하다. 남한으로 치면 가장 높은 외무부의 대변인은 7급 공무원 정도밖에 안 된다.)아직까지 내려져 오는 중국의 혁명 사상은 남녀평등과 국가 주도의 학교 시스템 같은 현대 서구적인 요소도 있지만, 한민족으로 치면 상민(常民)인 프롤레타리아가, 노동 계급이 정부를 이끌고 세상을 지배해야 한다는 주의다. 소설 '대지'에는 이들이 혁명을 위해 부모까지 죽여야 한다고 말하는 장면이 나온다. 이런 교육을 받은 공산당 후계자들은 사실 그냥, 권력을 잡은 범죄자들일 뿐이다.

아무튼 중국 공산당 간부들이라는 작자들이 이렇다. 중국 전역을 다스리면서 세금을 걷고 학교에서 공산주의 교육을 시키는 것을 관장하고, 베이징에서 정기적으로 모여 회의를 하는 공산당 간부들의 전체 규모는, 내가 그 홍콩 근처의 항구도시에서 관찰한 바로는 규모가 약 3000명에서 4000명 된다. 그중에 100명 정도는 남북한 관료들처럼 어느 정도 중국 인민들을 위하는 마음이 있고 부패가 덜한 자들이다. 그런 아주 극소수의 자들은 중국 경제 발전을 나름대로 서구화하기 위해서, 도로와 기차, 서구식 건물을 짓고, 비자 시스템 등 행정을 관장하고, 국가를 개방시킨다고 WTO(세계무역기구, World Trade Organization)에 중국을 가입시키는 등 많은 노력을 기울인다. 그리고 2000년대부터 이런 노력들이 가시화되면서 중국을 방문하는 서구 지식인들이 중국 경제도 발전할 가능성이 있다는 비주류성 관점을 내놓기 시작했다. 내가 있던 항구도시를 포함해, 중국 전체의 경제가 아닌, 작은 일부를 보고, 만약 이 속도로 경제 발전이 대가리 수만큼 비례하여 증가한다면 미국을 초월하는 위대한 두 나라 중 하나(G2)가 될 것이라는 소름 끼치는 계산을 해본 것이다.

하지만 이것은 일종의 정치적 선정주의(sensationalism)일 뿐이다. 다시 시간을 뒤로 돌아가 보자. 2006년 내가 대한민국 서울의 유명 외교 대학에 입학했을 때, 남한 경제학자분들이 이것을 주류로 받아들이고 계서서, 나는 크게 당황했다. 우리나라에서는 그래도 국제경제학을 전문적으로 연구하시는 분들이다. 나는 홍콩에 살면서 수학여행으로 중국 내륙의 소도시들과 시골을 둘러보고 왔는데, 우리나라처럼 열심히 일하지 않아도 땅이 기름져서 사람들 국민성이 아주 느릿하다. '만만디'라고 들어보셨는가. 중국인 국민성이 뭐든지 느리다는 표현을 우리나라의 아주 현명한 분이 제대로 보고 알려 주신 것이다. 사람들이 일을 안 하기 때문에 그냥 뭐든지 너무나 더럽고, 음식만 기름지고 향신료가 듬뿍 들어 있기만 하다.

영국인이 많은 홍콩에 살면서 느낀 건데, 중국인은 한국 사람과 비슷하다고 우리나라 분들이 많이 착각하고 계신다는 것이다. 머리카락과 눈동자가 까맣고, 한자어를 쓰고, 쌀밥을 먹는다는 것만 똑같지, 사실은 한국 사람들은 중국 사람들과 달리 예의를 따지고, 위생 따지고, 안전 따지고 하기 때문에, 겉으로만 다르게 생겼지, 실상은 영국 사람들과 더 가깝다. 요즘 영국 사람들이 한국 텔레비전과 영화를 많이 보면서, 나름 전 세계 모든 민족들을 둘러보고 온 해양 민족이기 때문에 잘 알고 하는 말이, 한국 사람들은 인도 사람들과 달리 영국 사람들과 똑같다, 많이 이런다. 나는 어렸을 때부터 홍콩에서 뼈저리게 그걸 느끼고 왔다.

1840년대에서 1850년대까지 영국 정부는 많은 군함과 군대를 보내 중국인들을 상대로 아편 전쟁이라는 것을 일으켰다. 우리나라에 번역되는 세계사 책에 보면, '영국 상인들이 아편을 착한 중국인들에게 팔아 돈을 벌려고 해서 전쟁을 일으켜서 착한 중국 관료들이 막았다' 이렇게 나오는데, 내가 보기에는 그게 아니다. 아마 그건 미국 사람의 역사관일 것이다. 옛날 1770년대 영국 상인들이 미국에 차 팔아먹으려고 군대 동원하고 전쟁이 나서, '영국은 무역을 이유로 전쟁을 한다'라는 원칙을 중국에 적용한 것이다. 영국인들은 우리나라 선비 정신이 있듯이, 불의를 보면 무력을 이용해서 고치려는 성질이 있다. 중국인들의 도덕 기준이 하도 영국인과 달라서, 그냥 국민성의 차이로 아편 전쟁이 일어난 것이다.

역사 이야기 나온 김에, 대학교 때 서울의 우리 대학 도서관에서 영국 역사학자가 쓴 한국사 책을 발견한 적이 있다. 옛날 삼국시대에 선덕여왕이 당나라의 도움을 받아서 한반도를 통일했다는 것은, 영국 사람으로서 중국인의 기질에 대해 잘 알고 이야기하는 것인데, 중국 사람들은 그냥 좋은 마음으로 공짜로 다른 민족을 돕기 위해 돕지 않는

족속들이니, 나당 연합군에 대한 학설은 그 출처를 좀 더 조사해 볼 필요가 있다고 한다.

2008년 대한민국 서울, 나는 두세 시간 강의실에서 강의를 들으며 공부를 하다가, 당 충전을 하려고 가장자리를 잘라낸 한국식 샌드위치와 시럽을 넣은 방울 모양의 떡을 사 먹으려고 우리 부서가 쓰는 건물 지하의 식당으로 내려갔다. 나는 우리나라에서 대학을 다니며, 첫 두 해가 힘들어서 비슷한 처지의, 모든 국적의 외국인 유학생들에게 관심을 갖고 친절하게 대해 주었다. 그중 하나가 중국인 학생이었다. 우리 부서 건물이 외국인 학생들이 한국어 배우는 건물 바로 옆이어서, 한국어 수업을 듣다가 식사를 하러 와 있었던 것 같다. 이 친구는 명동에서 본 공산당 후계자 새끼가 아닌, 14억의 중국인 중 한국에 쳐 내려가라 하면 병역 거부를 할 0.001%의 '소수의 양심적인 중국인'이다. 그 당시 내가 본 남한의 중국 유학생들은 대부분 이런 지식인 부류였다. 잘 지내나 싶어, 그 친구 밥 먹는데 앞에 앉아 이것저것 물어보았다. 이 친구가 하는 말이, "중국인들은 한국인들과 달리 게을러서, 절대로 한국처럼 부국이 되지 못한다" 이런다. 딱 내가 중국에서 관찰하고 온 바다. 나는 세상사가 하도 슬퍼서, 그냥 앉아서 밥 먹는 것을 쳐다보다가, 그 친구가 맑은 배추된장국을 먹고 있는 것을 발견했다. '중국 사람들 입맛에 맞는 제육볶음 덮밥도 공대 건물에 가면 있는데' 이런 생각이 든다. 나는 중국 사람들 사고방식을 알고 있기 때문에, 한국식으로 친절하게 물었다. "한국 음식 (소수민족 음식이라) 맛없지?" 그 친구는 내 말의 뜻을 알고 무뚝뚝하게 대답한다. "먹을 만해."

이런 0.001%의 소수의 '소수의 양심적인 중국인'은 일종의 지식인들인데, 어렸을 때 미국 살면서 차이나타운에 가서도 만났다. 중국 음식을 파는 한 식당에 들어갔는데, 식당 주인이 중국인 특유의 눈빛의 게으른 기색이 없이 일하다가 나를 신기하다는 듯 쳐다본다. 밥 먹고 나가기 전 계산을 해주면서 나한테 중국어로 뭐라고 한다. "미안하지만 못 알아듣겠다" 하니까 영어로 "혹시 북쪽 러시아 국경에 사는 몽골계 소수민족이냐" 물어본다. 중국 사람들은 이 세상이 중국을 대다수로 차지하는 한족(漢族)을 세상의 문화적 중심으로 보기 때문에, "어디계 소수민족"이라고 점잖게 불러 주는 것은 엄청난 친절이다.

그래서 내가 웃으며 말했다. "몽골계 소수민족은 맞지만 중국인이 아니라 한국인이다." 이러자, "오, 한국인이구나!" 대답한다. 사실 나도 한족(漢族) 중국인과 한민족을 잘 못 구분할 때가 있는데, 직접 만나면 대충 구분이 가는 게, 중국 사람들과 달리, 남북한 사람들은 예의를 철저히 중시하여 언행에 품위가 있다. 중국 사람들 눈에는 한민족이 아예 다른 민족인 게 명확히 보인다고 한다. 한국인이 앞 광대뼈가 더 높고 콧대가 더 얄쌍하며 피부가 상대적으로 더 하얗다. 선사시대 때 남시베리아에서 건너와 캐나다 북부까지 간 민족들 중 한국 사람과 인종적으로 문화적으로 똑같은 민족들이 많다.

하지만, 나의 친애하는 독자님들, 이런 이들은 14억 명의 중국인 중 아주 소수일 뿐이다. 서울의 내가 다니던 대학은 큰 학교라서 외국인 유학생들이 많았는데, 확률적인 이유로 중국인 학부생들과 대학원생들이 꽤 많아서 한 10명 정도 됐다. 중국 사람들이 별로 필요로 하지 않는 외환의 환율을 계산하면, 다들 중국에서 부자 집안에서 온 학생들이다. 그중 9명의 지식인이 '소수의 양심적인 중국인'에 해당된다. 지식인 정도가 되어야 한국이라는 변방의 소수민족에 관심을 갖는다. 그런데, 한 교양과목 강의에서 내 자리 바로 뒤에, 공산당 후계자들과 주류의 중국인들이 받는 교육을 받던 여자애가 앉아서 지껄이는 소리를 들었다. "한국 엄청 후진국이다. 어른에게 절하거나, 모르는 사람에게 허리 숙이거나 하는 것은 구식인데, 한국인은 아직도 그런 것을 한다. 우리 중국은 공산주의 혁명을 해서 뭐든지 신식이고 선진국이다." 이런다. 우리나라에 번역된 중국 대하드라마 '삼국연의(1994)'에 보면, 2025년 현재 한국인들이 제사 지낼 때 쓰는 제기들이 중국 고대에 쓰여진 게 나온다. 그 드라마에 보면 현대 한국인들이 절하고 허리 굽혀 인사하고 하는 것 다 옛날 중국에서 온 것이다.

그렇다고, 중국인 싫다고 한국의 인사법을 없애자는 게 아니다. 어디서 건너왔든, 우리가 좋게 쓰면 되는 것이다. 중국인들이 한국 음식 무시한다고, 우리나라 분들이 중국 음식 보이콧하실 필요도 없다. 짜장면은 아무 잘못이 없다. 한국인들이 배달 주문해서 먹는 소위 '중국요리'는 옛날 1890년대 중국인 화교들이 한반도에 와서 만들어낸 짜장면을 포함한, 보통 중국인들이 즐기는 음식과는 다른 요리다. 2025년도의 한국은 다문화국가다. 고추가 옛날 1400년대 이탈리아 및 스페인의 탐험가 콜럼버스에 의해 아메리카 대륙을 발견하며 일본 항구를 통해 우리나라에 들어왔는데, 그럼 김치나 김치찌개는 미국 음식이란 말인가. 미국 고등학교 역사 교과서에 기록된 것을 보면, 그전에는 유라시아 대륙에는 고추 품종이 없었다. 남한의 한 역사학자가 일본이 선진국이라서 고추를 더 먼저 유입했다고 하는데, 그것은 잘못된 논리다. 일본은 그냥 해안선이 더 길어서 지리적인 이유로 서구 상인들을 통해 먼저 손에 넣은 것이다. 한국인들이 응용해서 더 맛있게 먹으면 그만인 것이다. 짜장면이나 짬뽕, 탕수육과 만두도 한국화한 것을, 우리가 한국인답게 품위 있게 입 닦아 가면서 잡수시면 된다.

그리고, 물론 요즘은 베이징이 함락되어 외교적 상황이, 국제 정세가 많이 바뀌었기 때문에 중국 주류의 공산주의 혁명 사상을 가진 유학생들이 들어올 확률이 훨씬 적어졌지만, 가끔 남한 교수님들이 중국인 유학생을 보실 때가 있을 것이다. 대가리 수가 하도 많아서. 그럴 때는 그냥 다른 유학생들 대하듯이 똑같이 대하시면 된다. 그중에 '소수의 양심적인 중국인'이 섞여 있을 가능성이 높기 때문이다. 그냥 군사기밀 같은 것만 안 알려 주시면 된다.

중국에는 그렇게 싸가지 없는 인간들이 많은데, 2020년대 남한은 경제적 풍요로 인해 다들 해외여행을 많이 다녀서, 내가 서울에 살면서, 중국에 갔다 온 사람들을 많이 봤고, 인터넷에 중국 갔다 온 후기 올려놓은 것도 많이 봤다. 나 같은 지식인들은 중국 더럽고 후진국이라는 관찰을 한다. 한국 기준으로 도덕 관념이 색다른 사람들은 중국 선진국이라 한다. 예의 안 지켜도 되고 위생 안 지켜도 되니까 너무 좋다는 것이다. 그런 사람들 보면 나는 인자한 군주의 마음으로 그들 손에 중국행 비행기표를 하나씩 사서 쥐어 주고 싶다. 중국 가서 다시 오지 말라고.

이렇게 나는 어렸을 때 할아버지 명령으로 홍콩과 중국 본토에 가서 여러 가지를 관찰하고 왔다. 중국 대륙을 여행하고 중국 해안선에 있는 영국과 프랑스인들의 유럽식 건물 등 유적지를 보고 오니까 쓸데없이 머리가 커져 돌아와, 한국인의 기억에 잊혀져 버린 여러 가지가 내 눈에 보인다. 첫 번째가 대한제국 절대왕정제 때의 고종황제의 업적이다. 홍콩 가면 고종황제가 지은 구 한국은행 같은 동시대 스타일의 건물이 많다. 영국 사람들이 그렇게 지어놓고, 군대를 주둔시켜 거기서 사업하고 금융업을 일구며 중국인을 계몽하려고 애썼는데, 고종황제는 당시 중국 정부의 뜻을 거스르고 영국과 프랑스 등과 외교를 수립해 여러 가지 업적을 이루었다. 조공을 바치는 것을 거부하고, 제국을 선포하여 중국 황제와 동급이 되었는데, 이건 중국 입장으로서는 일개 소수민족의 거대한 반란이다.

고종황제는 서양식 중앙은행을 지어 시민들의 복지를 위한 예산을 직접 관리하기 시작했다. 우리 시민들 굶지 말라고. 겨울에는 춥지 않고 여름에는 덥지 않으며, 병 걸려도 빨리 고쳐 잘 살라고 한국은행을 설립한 것이다. 부산과 인천에도 제정 한국의 유적이 많다고 하니 가 봐야겠다. 고종황제는 묄렌도르프(Paul Georg von Möllendorf)와 앨런(Horace Allen) 등 서구인들을 신하 삼아 중국에 대한 반란을 꾀하였다는 기록밖에 안 알려졌는데, 우리 한국 사회학 교수님 말로는 당시 고종황제를 모시던 서양인 신하들이 훨씬 더 많았다는 역사적 추론을 할 수 있는 자료들이 있다고 한다.

중국 갔다 와서 보이는 것 중 두 번째는 서울 광화문에 있는 세종대왕님 동상에 대한 문제다. 물론 세종대왕님은 우리나라 역사에 지대한 영향을 끼친 위대한 분이지만, 동상의 세종대왕은 중국 천자의 신하라는 뜻을 가진 모자를 쓰고 계신다. 중국 송나라 때, 중국 황제의 신하들과 신하국의 왕들이 황제에게 충성하는 매미라는 뜻으로, 뒤에 매미 날개 두 개가 붙어 있다. 당시 중국을 종주국으로 섬겨야 했던 슬픈 국제정치학적의 산물이다. 중국인들이 뭐라고 생각하거나 신경 쓸 것은 없지만, 중국 관광객들이 보고 "(우리는 황제가 있었기 때문에), 황제의 신하인 왕의 동상이잖아. 한국은 우리의 제후국이다." 이렇게 인식한다. 문화적인 이유로 동상을 바꿀 수 없기 때문에, 대신 명동 중국 대사관 앞에 서양 군복을 입은 고종황제의 늠름한 모습의 동상을 세울까 한다. 중국 놈들 똑똑히 보고 함부로 남북한 시민들 괴롭히지 말라고.

마지막으로 기자 조선의 문제가 있다. 2008년, 교양과목에서 한국 역사학자들이 이야기하는 기자 조선에 대해 강의 중 교수님이 이야기했다. "기자 조선은 중국에서 온 중국인이 세운 나라다" 이러신다. 나는 그걸 듣고 피식 웃었다. 그건 '국가=영토=민족'이라는 공식이 성립될 때만의 원칙을 적용한 역사적 명제다. 물론 한국처럼 국가=영토=

민족 공식이 성립되는 나라는 이 지구상에 많다. 하지만 그 공식이 깨지는 나라도 많은데, 중국이 그중 하나다. 현재 국제법상 인정되는 중국이라는 영토에는, 대부분의 사람들이 중국 민족인 한족(漢族)이기는 하지만, 중국 민족이 아닌 민족들도 많다. 중국 민족의 유래에 대해서는 서구 학자들 사이에 여러 학설이 있는데, 주로 아프리카에서 인도를 통해 올라온 설과 중국 본토에서 원숭이에서 따로 진화된 인종이라는 설이 가장 유력하다. 내가 보기에는, 인도 사람들과 중국 사람들이 비슷한 점이 너무 많아 전자에 한 표를 던진다. 한민족은 남시베리아에서 왔다는 학설이 주류이고, 중국 사람들도 한민족은 중국 민족과 크게 다른 북방 민족이라고 한다. 기자도 아마 몽골 등 북방 어디에서 중국을 거쳐 온 비(非)중국인일 것이다.

이 장에서는 내가 어렸을 때 중국 공산당과 중국 내륙을 관찰하고 온 후 내가 생각한 여러 가지와 그것을 바탕으로 왜 중국이 G2가 못 되는지에 대해 자세히 서술하였다. 러시아는 1950년 이후 북한을 괴롭혀 와서, 나와 주한미군과 미 본토의 국방부 병력으로 2015년 다시 일어나지 못하게 넉아웃(K.O.)시켰고, 중국도 2007년 우리 할아버지 돌아가신 이후로 북한 시민들을 약탈하고 굶어 죽어 가게 해서, 나와 미국군, 영국군, 프랑스군이 베이징과 홍콩 근처의 항구도시에 있는 공산당 간부들의 여름 별장을 공격해 중국 공산군의 3000~4000명의 수뇌들과 거대한 숫자의 똘마니들을 잡아들여 국제사법재판소에 회부했다.

그러니 우리나라 관료분들과 시민들께서는 이 거대한 두 세력에 대해서는 안심하셔도 된다. 할아버지가 우리 시민들 지켜드리라고 나를 중국에 보냈기 때문에, 나는 거기서 관찰한 것을 바탕으로 전술을 세워 우리의 경제권, 가치관, 그리고 우리의 미풍양속을 지키며 살아갈 수 있게 되었다. 중국인들이 대가리 수가 많은 거대한 나라이기는 해도, 자세히 보면 다들 천한 상것들이기 때문에 - 인종도 천하고 사고방식도, 언행도 천한 상것들이기 때문에 - '황제'나 '여제' 하면 몇천 년 동안 압제를 당한 역사적 이유로 무서워한다. 우리 할아버지는 본래 카리스마가 강하서서 북방 국경에서 호령을 하면 중국인들이 벌벌 떨었지만, 2007년 할아버지가 돌아가시고 난 후에는 한국인을 지킬 공포 요소가 사라져서, 그들을 심리 전략으로 퇴치를 하려면, 한국의 황제를 국제법으로 등록시키는 게 시급했다. 다행히 2016년 초 남한 외교관들이 국제법으로 나를 황제로 등록시켰고, 중국 공산당 간부들이 두려워 당황하는 동안, 미국과 영국, 프랑스군이 들어가 중국 공산당을 무너뜨릴 수 있었다.

지금 중국은 UN군이 통치하고 있기 때문에, 남북한 시민들은 물론 자유롭게 중국에 다녀오셔도 된다. 다만, 한국에 비해 범죄율이 아주 높기 때문에, 우범지역에 혼자 돌아다니는 것은 삼가시고, 외교부 직원들과 믿을 만한 교민들의 안전 지침을 따르셔서 무사히 다녀오시기를 바란다.

# 제4장

# 가짜 뉴스 대응법에 대한 나의 부족한 견해

나는 여러 해 국제법을 연구하고 실무에 활용해 왔다. 2000년대 초중반, 고등학교 때 외교관 등 국제 분야 직업 지망생들을 위해 미국 선생님들이 모의UN(Model United Nations) 클럽을 설치해서 국제법 사례들을 연구하고, 국제법 법안(bill)을 발의하고 토의하였다. 그리고 한국에 와서 2007년 대학교 2학년 때 전문적으로 국제법 강의를 듣게 되었다. 원래 석박사 과정 학생들을 위한 대학원 과정이었는데, 당시 우리 학교의 진보적인 여러 교수님의 도움으로 학부 때 들을 수 있었다. 나의 교수님은 미국에서 로스쿨을 나오신 남한 분이셨는데, 아주 점잖고 친절하신 분이어서 내가 좋아했다. 솔직히, 우리 대학같이 크고 유명한 대학에는 많은 교수님들이 왔다 갔다 해서 학구적 수준이나 교육 능력이 약간 뒤쳐진다고 내가 속으로 등급을 매기는 교수님들이 있었는데, 그렇지 않으셨던 교수님이었다.

반에 20명 정도 학생이 있는데, 반은 남한 학생들이고 반은 서구 외교관 지망생들이었다. 중간고사와 기말고사 때 학생들이 2명씩 파트너가 되어서, 국제법상 갈등 사례가 주어지고, 그동안 배웠던 조약, 판결, 원칙, 관습을 바탕으로 소송 의견서(legal brief)를 제출해야 했었다. 나의 파트너는 서유럽의 오스트리아 외교 지망생이었는데, 우리는 기숙사 야외 테라스의 한 테이블에 앉아 거대한 노트북 컴퓨터를 앞에 두고 시험 과제에 착수했다. 오스트리아에서는 국제법 강의에서 C학점 이상을 못 받으면 외교관이 될 수 없는지, 나의 파트너는 긴장해서 주어진 시간 동안 담배만 뻑뻑 피워 댔다. 읽고 찾고 쓰고 하는 것은 내가 다 했다. 다행히 두 번 다 점수가 잘 나왔고, 나는 정규 박사 과정도 로스쿨에 가서 국제법을 좀 더 자세히 연구하기로 결심했다. 나의 파트너도 무사히 오스트리아에서 외교관이 되었다.

2015년 나는 남한 외교부와 연결되어 국제법상 남한, 북한, 주한미군의 법적 개체들을 아우르는 외교관으로 등록되었다. 그렇게 되기까지, 대학교 4학년 휴학 후 외무고시 준비 학원에서 한양대 교수님 한 분 밑에서 한국어로 국제법을 연구했다(외무고시 영어 특기자 전형이 없어졌다! 으악!). 그리고 2015년 이후 외교 실무에서 국제법을 활용하며 배운 것도 많고 혼자서 연구한 것도 많다. 2025년 현재, 인터넷으로 많은 남한 지식인들과 교류하는데, 요즘 가장 핫한 이슈가 IMF 때 한국의 경제적 주권을 침범했던 서구 악덕 기업들에 대한 이야기다. 1990년대 후반, 나처럼 시민들의 경제적 복지에 관심이 많았던 경제학자들이 IMF가 비영리 국제단체로 미국 정부를 대변하는 줄 알았다고 하신다. 악덕 기업들이 딱 노리는 바다.

내가 인터넷으로 당시 남한 경제학자들이 IMF에 대해 당시 조사한 것을 많이 읽어보았다. 한국인 돈을 빼앗아 간 채권자들의 이름과 국적이 뜬다. 아주 잘 조사하신 것이다. 채권자들은 대부분 미국인이고, 프랑스인도 있었다고 한다. 만약 그 사태가 지금, 내가 외교관이 된 상태로 다시 반복된다면, 미국 정부와 프랑스 정부도 이 문제에 제대로 손을 쓰지 못하고 있기 때문에, 직접 주한미군 스나이퍼들과 장교들을 데리고, 미국 채권자들의 사무실에 찾아갔을 것이다. 어렸을 때 미국에서 가본 악덕 기업의 사무실은, 한국 지식인들이 인식하는 것과 반대로, 아주 누추했다. 미국 국방부인 펜타곤(Pentagon)에서도 내가 미국 악덕 기업인들을 죽이면 그들도 좋아했을 거라고 한다. 그리고 알아서 서류 처리를 해 줬을 것이다.

프랑스에도 미군 스나이퍼들과 가서 한국인을 괴롭히는 채권자의 사무실에 찾아갔을 것이다. 여기서 진짜 국제법에 대한 지식이 중요하다. 아마 도착하면 일이 이렇게 진행됐을 것이다.


미군 스나이퍼들: (프랑스인 악덕 기업인을 끌고 나오며) 이 자입니다, 폐하.

프랑스 악덕 기업인: 아이고, 잘못했어요. 살려 주세요.

나: 네가 한국인의 돈을 노리고 괴롭히다니. 죽고 싶어 환장했구나.

동행한 프랑스 정부 관료: (아마 외무부 장관급을 보내 줄 것이다) (악덕 기업인의 멱살을 쥐며) 야, 이 나쁜 놈아! 돈 가지고 프랑스 정부와 시민들을 그렇게 괴롭히더니, 이제는 동맹국인 한국인한테까지 그 짓이냐! 우리 아버지가 한국 사람들의 안전을 위해 목숨을 바쳤는데, 그걸 가서 망쳐 놓냐! 이 쳐 죽일 놈아! (발로 막 밟음)

나: (프랑스 정부 관료에게) 내가 지금 이 사람을 죽이면, 국제사법재

판소(International Court of Justice)에 제소하시겠습니까? 우리는 정당방위로 나갈 건데. (한국에서는 돈 없으면 겨울에 얼어 죽는다.) 하긴, 프랑스의 외교 스타일로는 제소하지 않고 군병력을 보내 쳐들어가겠지만.

이건 그냥 외교관들끼리 하는 말이다. 프랑스는 입헌군주제가 아닌 공화국으로, 정치적 변동성이 아주 높다. 그래서 정부가 자주 바뀌었는데도 불구하고, 홍선대원군 당시를 포함해 200년 동안 친한 정책을 유지해 왔다. 최악의 경우 군병력으로 한국을 쳐들어와도 주한미군 때문에 못 들어온다. 한국에 사는 프랑스 지식인들은 한국을 사랑하고, 현재 프랑스군은 중국과 러시아와의 북방 국경에 크게 병력으로 도움을 준다.

동행한 프랑스 정부 관료: 아이고, 제소하다니요? 쳐들어가다니요? 프랑스 시민들을 괴롭히는 이런 놈을 한 명이라도 죽여주시니 저희야 고맙지요. 이놈은 한국인을 괴롭히다가 한국법으로 사형당한 것으로 제가 프랑스 행정상 등록하겠습니다.

나: 그렇게 해 주시기 바랍니다. (미군 스나이퍼들에게 고갯짓을 하며) 죽여.

미군 스나이퍼들: 예, 폐하. (여제가 시체를 안 봐도 되게 밖으로 끌고 나가 사살한다.)

(만약 내가 안 죽이기로 한다면)

프랑스 악덕 기업인: 살려 주세요, 폐하. 나 죽고 싶지 않아요. 잉잉.

나: 살려 주면 어쩔 건데?

프랑스 악덕 기업인: 구조조정 하라는 말 철회하겠습니다요. 정당한 날짜에 돈 갚을 때까지 얌전히 기다리겠습니다요. 잉잉.

나: 그럼. 지금 가서 철회한다. 알았는가?

프랑스 악덕 기업인: 예, 예, 알겠습니다요.

나: 다시는 돈 노리고 한국인 안 건드린다. 알았는가?

프랑스 악덕 기업인: 예, 예. 여부가 있겠습니까요.

나: 그리고 악덕 기업 친구들에게 전한다. 한국인 돈 노리고 못 살게 굴면 내가 지구 끝까지 쫓아가서 죽여 버린다고. 알았는가?

프랑스 악덕 기업인: 예, 예, 알겠습니다요.

나: (미군 스나이퍼들에게) 한국인들이 채무를 다 상환할 때까지 이 자의 집과 사무실에 병력을 붙여 감시하도록.

미군 스나이퍼들: 예, 폐하.


이렇듯 나는 국제법 전문가다. 내가 이 이야기를 하는 이유는, 지금부터 국내법에 대한 나의 생각을 쓰기 위해서인데, 나는 국내법을 정식적으로 공부한 적이 없다, 이 말을 하고 싶어서이다. 그래서 이 글을 읽는 우리나라 관료분들은 나의 국내법에 대한 의견을 절대적으로 받아들이시지 말고 그냥 한 지식인의 견해려니 하고 참고만 해주셔야 한다. 그리고 국내법을 직접 완성시키면서 나의 의도도 많이 반영해 주시면 나는 정말 감사할 것이다.

내가 이 장에서 다루고 싶은 국내법 분야는 바로 요즘 남한에서 너무나 극심한 가짜 뉴스 문제이다. 막 사람들의 목숨이 오가고 하는 문제는 아니다. 옛날 1970년대~80년대에는 지식인들이 신문과 텔레비전 뉴스를 통해 정치에 참여하면서 목숨을 잃는 사람들이 많았다. 하지만 2025년도인 지금, 남한 정부가 민주화된 지 오래인데, 직장에 나가거나 나처럼 대학(원) 공부를 하는 것도 아닌 사람들이 매일 PC방에서 하루 종일 게임만 하다가, 언론사 웹사이트를 해킹한 후 온갖 가짜 뉴스를 보낸다. 동영상 편집을 해서 텔레비전 뉴스를 만들어 언론사에 보내 소수의 무능한 PD들이 그걸 그대로 방송에 내보낸다. 옛날에 국가의 문제들을 올곧은 마음으로 시민들에게 알렸던 기자분들이 이제는 언론사 사장이나 방송국의 고위 PD가 됐는데, 그런 분들 보면 사심없이 국가만 생각하는 분들이 많다. 여기서 말하는 무능한 PD들은 그런 분들이 아니다.

그런 방송들과 기사들이 코리아 헤럴드와 아리랑 TV 등 영어 언론으로 무분별하게 번역되어 전 세계로 흘러간다. 2011년 내가 한국인 외교정책분석가로 특히 서구 국가들에 유명해지면서, 서구인들이 한국의 영자신문 웹사이트에 많이 접속하는데, 한국이 디지털 강국으로 소문난 현재, 서구에 있는 지식인들과 관료들이 그걸 본다고 한다. 슬슬 쪽팔리기 시작한다. 서구 국가들도 가짜 뉴스가 많으므로 사실 부끄러워할 이유가 없고, 서구인들도 가짜 뉴스임을 알기에 그렇게 큰

일은 아니다. 하지만 많은 경제활동과 정치활동이 디지털화된 이 나라에, 가짜 뉴스범들이 끼치는 피해는 사실 상당하다. 코로나 바이러스가 한창일 때는 물론이고, KBS 수신료 사건 때문에 KBS 전화 문의가 쏟아져 먹통이 됐을 때, SK 통신사의 유심카드가 해킹돼서 다시 전화 문의가 쏟아져 먹통이 됐을 때 등이 있다. 그런데 이제는 외교상의 문제로 번질 위험까지 있다. 그래서 나도 한마디 해야 한다고 생각했다.

내가 제안하고자 하는 대응법은 3가지이다. ① 언론사 해킹 불법화(criminalization), ② 정책결정자 사칭죄 법제화, 그리고 ③ 가짜 뉴스 구별 면허 시험 제도이다. 그리고 이런 제안에 대한 나의 이유는 크게 3가지이다.

첫 번째 이유는 기술의 변화다. 기술이 변하면 사회도 변하기 때문에 법도 변해야 한다. 옛날 남한에는 혼인빙자간음죄라는 게 있었다고 한다. 사회적 이유로 여성들을 보호해 주기 위해 만든 법이다. 그런데 피임 기술이 발달함으로, 성(性)에 대한 사회적 통념이 바뀌고, 혼인빙자간음죄는 사라졌다. 그처럼 2025년대의 한국 사회는 특정 기술적 조건들이 있다. 스마트폰과 노트북 컴퓨터가 대중화되고, 시민들은 앱으로 활발히 경제활동을 하고 뉴스를 보며 토론을 하여 정치에 참여한다. 수많은 의료 서비스와 정부 서비스도 다 스마트폰과 컴퓨터로 처리된다.

현재 남한의 해킹 죄 법규는 사실 아주 잘 되어 있다. 형법 제347조의2는 컴퓨터등사용사기죄를 규정하며, 컴퓨터 등 정보처리장치에 허

위의 정보 또는 부정한 명령을 입력하여 재산상의 이익을 취득하거나 제3자로 하여금 취득하게 한 자는 10년 이하의 징역 또는 2천만 원 이하의 벌금에 처하도록 하고 있다고 한다(백석대학교 홈페이지).

그런데 요즘에는 새로운 종류의 언론사 해킹 죄가 창궐하고 있다. 돈을 노리고 해킹을 한다기보다, 가짜 뉴스를 올림으로써 유명해지기 위해, 정보를 이용해 권력을 휘두르기 위해 점잖은 언론사 사장들을 괴롭히고 시민들에게 피해를 끼치는 것이다. 현재 해킹법은 분위기를 딱 보아하니, 직접적 금전적 피해가 없으면 법적 보호를 받기 어려울 듯하다. 2025년도의 가짜 뉴스 문제는 간접적인 경제적 피해와 사회적 피해를 끼치는 것이기 때문에, 법도 이걸 감안하여 바꾸어야 한다.

나는 이 책을 2025년도 초부터 몇 달에 걸쳐서 느릿느릿 썼는데(외교 업무, 로스쿨 준비, 의료재활치료 등 바쁘다), 2025년 5월 현재, 인터넷에 찾아보니 나와 같은 생각을 하는 많은 행정 관료분들이 성공적으로 정책에 반영을 하기 시작한 듯하다. 해킹당한 언론사 사장들은 인터넷으로 '가짜 뉴스 신고'라고 검색하면 경찰청의 사이버범죄 신고 시스템(ECRM) 웹사이트에 접속할 수 있다. "정당한 접근권한 없이 또는 허용된 접근권한을 초과하여 정보통신망에 침입하는 행위"에 피해 사례가 해당되어 경찰에 신고할 수 있다고 한다. 이건 경험이 많으신 고위 경찰 관료분이 문제의 성격을 정확히 파악해 효과적으로 해결하시기 시작한 것이다. 나도 얼마 전 주한미군 부하 장교들이 돕지 못하는 문제를, 남한의 고위 경찰 관료분이 경찰서 앞에 변호사 사무실을 설치해 주서서 크게 도움을 받았다. 방송통신심의위원회 홈페이지에도 도움을 받을 수 있도록 어떤 고위 관료분이 정책을 띄워주셨다. 역시 실무 행정에 계시는 분들은 다르다. 내가 이 책을 완성해 출판을 할 때쯤이면 이미 모든 문제가 해결됐을 수도 있을 것이라는 생각이 드나, 쓰는 김에 계속하겠다.

문제는 언론사 해킹 피해만이 아니다. 현재 우리나라 기술로 자격이 없는 자들이 악의적으로 권력을 휘두를 방법은 정말 여러 가지다. 코로나 바이러스가 몇 년 전 우리나라 사람들의 자유를 보호가 아닌 목적으로 제한되었는데, 그때부터 재난 문자라는 게 시민들의 핸드폰에 도착하기 시작했다. 그런데 자세히 보면, 이건 의학적 지식이 있는 관료가 아니라, 간신히 9급 공무원 시험 패스한 사람 같다. 우리나라 9급 공무원들, 대부분 훌륭하신 젊은 분들이고 수십 년 후 국가의 행정 체계를 이끌어 가실 분들인데, 이 사람은 아니다. 이 사람이 매일 보내는 재난 문자는 중단도 못 시키고, 처음에는 소리도 끌 수 없었다. 엄청난 기술이 엄청난 사람 손에 들어간 것이다.

동영상 편집 기술, 버스와 지하철 등 대중교통의 내부 방송에 대한 높은 접근 기술, 거기에 쓰이는 음성 변조술, 현수막과 공공정책 포스터에 쓰이는 인쇄술 등, 현재의 기술로는 보통 사람들이 악의적인 마음만 먹으면, 사람들의 행동을 통제하며 느끼는 권력을 쾌감을 위해, 나쁜 쪽으로 쓰여지기가 너무 쉬워졌다. 여기에 젊은 경찰관들이 나서서 시민들의 사회적, 경제적 피해를 막아줘야 하고, 판사님들과 행정 관료분들은 그들의 협조로 높은 단계에서의 법적 보호 장치를 마련해야 한다. 금전적인 이유로 이런 기술들이 악용되는 것이 아니라서 애매하게 돕지 못하는 게 아닌, 악용하는 사람들의 악의성을 여러모로 따져서 시대에 맞는 법들이 나와야 한다(내가 국내법을 알았으면 이미 직접 했을 것이니 재촉하는 것이다).

　내가 정책 제안을 하는 두 번째 이유는 시민들의 복지에 대한 이유다. 현재 남한 정부는 대부분의 복지 서비스를 현재의 기술의 보편화 흐름에 맞춰 스마트폰으로, 방송으로, 전화 등으로 해결하고 있는데, 위에 언급한 기술의 발달로 인해 자격이 없는 사람들이 언론사 행세를 하며, 정책결정자 행세를 하며 악의적으로 끼어들고 있어서, 시민들의 복지를 훼손하고 있다. 언론사들이 독자들의 신뢰를 잃는 것부터, 기업들에 대한 가짜 뉴스가 퍼져 경제적 손해를 끼치는 데다가, 특히 내가 많이 걱정하는 부분은 의료 정책에 대한 것이다. 의료 정책은 국가 복지 시스템의 가장 핵심적인 부분 중 하나인데, 전염병을 핑계로 사회적 거리두기 정책에 의학적 지식이 없는 자들이 개입해 국가의 의료 복지를 크게 위험에 빠뜨리고 연일 확진자 숫자 보도로 시민들의 불안감을 가중시켜 사회적, 경제적 피해를 크게 입혔다. 요즘에는 병원에 가면 보험 사기에 대한 이유로 신분증을 가지고 오지 않으면 진료를 안 해준다는 정책 포스터가 붙어 있는데, 이것도 진짜 시민들의 의료 복지를 위해서라고 보기에는 의료 복지 전문가가 아닌 외교정책 전문가인 내가 봐도 너무나 어이없고, 시민들을 위해서 너무 위험해 보인다. 나의 주치의 교수님도 이에 대해 크게 분노하신다.

나의 어리숙한 정책 제안의 세 번째 이유는 남한의 민주주의에 대한 이유다. 국제정치학상 이 지구상 모든 나라의 민주주의는 제도나 정책 메커니즘 등이 다 다른데, 남한은 언론 자유, 공개적 정부 비판 자유, 집회 자유, 정치 집단 형성 자유를 포함한다. 이런 요소들이 가능하려면 깨끗한 언론과 집회 신고 제도 등 인프라(사회 간접 자본)가 뒷받침해 줘야 하는데, 지금 이런 민주주의에 간접적인 필수 요소들이 엉망이 되었다. 계엄령을 내렸다거나 재판을 했다거나 유명 정치인에 대한 소문을 들어 퍼뜨리는 것은, 명예훼손죄를 전문으로 하는 법조인이 아닌 국제정치학을 연구하는 사람으로서, 큰 해가 안된다고 본다. 그리고 정치인에 대해 논리적 타당성이 떨어져도, 보통 시민들이 그를 비판하는 것은 오히려 국가의 민주주의에 도움이 된다고 본다.

하지만 소문이면 소문이라고 깨끗하게 밝혀야 하고, 기사를 올리려면 정식 기자와 언론사 직원들에게 연락을 해서 올려야 하지, 동영상 조작을 해서 진짜인 것처럼 기사를 올리고 뉴스에 방영하게 하면, 그건 진실을 바탕으로 정치적 참여를 해야 하는 대부분의 시민들을 위한 민주주의 권리가 크게 훼손되는 것이다. 그렇게 된 지 윤석열 대통령 계엄령 소문 이전부터 몇 년이 되었다. 매일 PC방에 앉아 가짜 뉴스를 언론사 해킹과 동영상 조작으로 국가를 지배하고자 하는 자들은, 새로운 종류의 독재 정권이나 다름없다. 우리 할아버지를 포함해서 많은 분들이 수십 년 동안 쌓아 올린 민주주의다. 황실모독죄 회피 등 선의

성 가짜 뉴스는 물론 보호해 줘야 한다. 이봐라, 나도 나를 칭찬해 주는 사람들은 편들어주고 싶고, 나를 불쾌하게 하는 자들은 처벌하고 싶어 하는 속 좁은 사람이다. 그만큼 정교한 법적 대응이 필요하다. 악의성 따지는 것은 판검사님들에게는 어렵지 않은 과제로 알고 있다.

이런 'PC방의 독재자'들이 즐겨하는 '민주주의 투사 놀이'의 일환으로 악의성 미신고 집회가 있다. 이거 진짜 골치 아픈 문제다. 현재 남한 시민들 고유의 집회 권리는 신성한 것이다. 경제가 변하면서 약자들의 권익을 위해 집회 문화가 유지되어야 한다고 나는 언제나 믿어왔다. 정부에 부패나 무능이 있거나, 정책적 문제가 생길 때, 특정 정당의 의제나 정치인 지지, 반대를 위해 집회 권리가 있는 것이다. 나의 옛날 논문인 '입헌군주제와 국가복지론(2009)'은 3부분으로 구성되어 있는데, 경제적 복지가 3분의 1이고 사회복지제도가 3분의 1이다. 첫 3분의 1은 시민들의 정치 복지에 대한 것이다. 대학교 때, 나는 공화국인 프랑스의 집회는 시민들의 분노가 심해서 기물 파손 등이 있었고 정부의 무력 대응까지 있을 정도로 다치는 사람들이 많았지만, 옆 나라에 입헌군주제인 영국에서는 같은 의제에도 시민들의 분노가 많이 누그러져 있었고 정부의 무력 사용이 훨씬 덜하다는 것을 발견했다.

그래서 전 세계 모든 나라들을 조사해 보니, 비슷한 지정학적인 조건인 두 나라가, 공화국보다 입헌군주제인 나라의 민주주의는, 시민들이 집회에서 물리적으로 다칠 확률이 60% 정도로 현저히 적었다. 한국의 입헌군주제도, 시민들의 경제적, 사회적 복지뿐만 아니라, 이 집회 문화에서 시민들이 다치지 않도록 상당 부분 내가 추진해 온 바다. 그런데 이 집회 문화를 이용해, 신고도 안 하고 집회를 하며 정의의 투사인 척하면서 교통질서를, 소상공인 경제권을 교란시키면, 나나 우리 할아버지나, 수많은 우리나라 분들의 민주주의를 위한 피땀 흘린 노력이 뭐가 되는가. 그걸 경찰력을 동원해 잡아들이면 힘들게 민주주의를 연구해 온 나도 80년대 스타일 독재자로 낙인찍히는 것이다. AI 기술로 악의성 미신고 집회 증거를 모아 벌금 고지서를 'PC방 독재자'들의 등록된 주소지로 경찰조사 출석요구서를 보낸 다음 고의성을 따져 벌금형을 때리는 둥 확 겁을 줘서 그만하게 하고 싶다. 이것 또한 경찰 실무 행정관들과 판사님들과 여러 국내법 전문가들이 협력해서, 깨끗하고 안정된 집회 문화가 유지될 수 있도록 시민들을 교육하고 정책 수립을 해야 할 것이다.

위의 세 가지 이유로 내가 첫 번째로 제안하는 정책은 언론사 해킹 불법화(criminalization)이다. 다시 말하지만, 현재 남한의 해킹 죄는 직접적인 금전적인 손실이나 정보의 훼손이 있어야만 경찰과 사법부의 보호를 청구할 수 있다. 2025년도에는 현재의 기술적 조건을 감안해 텔레비전, 라디오, 인터넷 언론사들이 당할 수 있는 모든 해킹 피해를 새로 더 감안한 법이 생겨야 한다. 언론사 계정에 들어가 유명해지기 위해, 정보 유포를 통해 권력을 휘두르는 개인적 쾌감을 위해, 가짜 뉴스를 지속적으로 올려 국가에 간접적으로 사회적, 경제적 피해를 끼치는 행위가 이제는 공식적으로 범죄가 되어, 교통 범죄와 똑같은 법

집행 방식으로 취급되어야 된다. 컴퓨터를 이용해 종이 신문 인쇄 시스템을 해킹에 가짜 뉴스를 종이 신문에 대규모로 유포하는 것도, 방송사 구독자들 주소와 계정 목록을 해킹해 가짜 요금 청구서를 보내는 것도, 다 언론사 해킹 죄에 포함이 되어 벌금형을 받게 해야 한다. 인터넷도 정보화 시대에는 일종의 정치적 교통수단이다. 또한 행정적, 경제적 교통수단이기도 하다. 악질적으로 그 질서를 교란하는 자들은 법이 개입하여 시민들의 피해를 막아줘야 한다.

내가 제안하는 두 번째 국내법 정책은 정책결정자 사칭죄 법제화이다. 정책이란 행정고시나 사법고시를 패스하신 분들이나, 철학박사와 의학박사 등 공부를 많이 하신 분들이, 경제적, 행정적, 의학적 메커니즘을 깊이 연구하여 시민들의 복지를 강화하기 위해 만드는 것이다. 실무급 공무원 중 아주 무능한 소수가, 의학 등 관련 분야에 전문이 아닌 자들이, 우리나라의 발달된 인쇄 기술, 동영상 편집 기술, 방송 기술을 이용해 권력을 휘두르기 위해서 가짜 정책을 만들어 시민들의 안전과 자유를 위협하는 것은 중대한 범죄다. 현재 자행되는 모든 정책결정자 사칭 수법을 새로 포괄적으로 목록을 작성해 관련법을 개정을 하고, 벌금형을 초과하는 법적 책임을 물어 시민들을 보호해야 한다. 정신병이 있어 정치인이나 대기업을 사칭해 현수막 올리는 것은, 의사의 정신질환 진단서가 있으면 사칭해서는 안 된다는 교육을 하는 방침에서 그치도록 하고, 새로운 기술을 이용해 정책결정자를 사칭하는 것은, 의사나 사칭당한 정책결정자 등 자격이 있음을 증명할 수 있는 자들이 손쉽게 신고할 수 있도록 시스템을 마련해야 한다. 그런 다음 판사님들이 그 행위에 대한 악의성과 사회적, 의학적 피해를 고려해 알맞은 법적 판결을 내린 후, 시민들에게 언론을 통해 알려서, 다시는 그런 일이 없도록 사회적 기강을 바로잡아야 한다.

내가 제안하고자 하는 세 번째 정책은 가짜 뉴스 구별 면허 시험 제도다. 현재의 가짜 뉴스 문제에 대해 삼권의 많은 공직자들이 연구하시고 계시지만, 거기에 나의 생각도 기여하고자 한다. 행정부에 전문 부서를 설립해, 가짜 뉴스 구별 면허 시험 웹사이트를 개설하는 것이다. 방송심리학자들을 고용해서, 가짜 뉴스를 구별하지 못하는 사람들은 0점을 받고, 구별할 줄 아는 사람들은 쉽게 20점 만점에 18점 이상을 맞을 수 있는 시험 문제를 만든다. 이 시험에서 18점 이상을 맞아야만 언론사 사장들, 프로듀서, 기자, 편집자 등 언론에 종사하는 모든 사람들이 계속 일을 할 수 있도록 해야 한다. 텔레비전 뉴스에 어떤 뉴스를 방영할지 결정하는 자리 등. 토익 점수 제출하듯이 전문 정부 부서에 제출해야 하고, 점수가 낮거나 시험을 안 치르는 자는 모든 종류의 언론사에서 일하지 않도록 법적 장치를 마련해야 한다. 점수가 너무 낮으면, 점수를 제대로 된 수준으로 올릴 수 있도록 이 정부 부서에서 도와줘야 한다. 방송심리학자들로 하여금 참고서도 만들고 동영상 강의도 웹사이트에서 들을 수 있도록 해 줘야 하고, 점수가 낮더라도, 시험 응시 가능 횟수를 무제한으로 해서 끝까지 점수를 올릴 수 있도록 도와줘야 한다.

나의 이런 모든 법적 정책은 법조인들이 정교하게 연구를 하서서, 선한 사람들은 범죄자로 안 몰리게 해야 하고, 사칭에 관해서는 정책 결정자들만 신고를 할 수 있도록 하는 등 법을 악용하는 사람들이 없도록 시민들을 보호해야 한다. 그리고, 특히 세 번째인 구별 면허 시험 제도는, 전문 부서를 개설하고 방송심리학자들을 고용하는 등 상당한 시간과 돈 등 자원을 필요로 할 것이다. 하지만, 이것들은 시대적, 기술적 변화를 반영한 시민들의 정치적, 경제적, 사회적 복지를 위한 것이다. 고로, 그만큼 예산을 할당할 가치가 있는 것이다. 감히 내게 시민들의 복지를 위한 예산이 부족하다고 말할 자가 있다면 나와보라고 하라.

이 장에서는 현재 남한 국내에서 자행되는 가짜 뉴스 문제와 정책결정자 사칭 문제를 해결하기 위한, 언론사 해킹 불법화, 정책결정자 사칭죄 법제화, 그리고 가짜 뉴스 구별 면허 시험 제도를 건의했다. 국제법 전문가이자, 특정 기술적 조건으로 나고 자란 세대인 나의 관점도 남한의 지식인들과 관료들이 알고 계시는 게 좋을 것 같았다. 미국 사람들은 내가 미국의 국내 정치 사안을 공개적으로 미국 대통령이었던 오바마 박사와 현재 대통령인 매케인 전 상원의원에게 조언을 해주면 좋아하는데, 우리나라 분들은 어떤지 모르겠다. 현재 신문의 국제란에 뜨는 트럼프 대통령은 현재 미국 정치상 여러 이유로 거론되고 있는 가짜 인물이다. 진짜 트럼프는 2015년 기자들을 매수해 가짜 뉴스를 유포해서 대통령이 되려고 한 일종의 국가보안법 위반으로, 미국 대법원 판사들에게 사형을 당했다. 우리는 그렇게 극단적인 방안까지 쓸 필요는 없다고 본다.

그리고, 위에 언급한 문제들만 빼면 우리나라 정부 행정과 민주주의, 복지, 시민의 자유, 치안 등은 여러 분들의 끊임없는 노력으로 인해 너무나 좋다. 이만큼 왔으니 조금만 여기저기 고쳐주면, 대한민국은 더더욱 안전하고 살기 좋은 나라가 될 것이다. 사실, 잘 먹고 배부르니 다들 할 게 없어서 하는 짓들이다.

# 제5장

# 한려 전쟁(2006-2015)을 포함한 정통적인 나의 개인사

이 장에 내가 서술한 나의 친부와 친모의 인격에 관한 내용은 대부분 어린 나의 가치판단이나 평가를 내용으로 하는 의견임을 알려 드린다. 또한 그들의 학대에 관해 사실을 적시한 것은 비방, 명예 훼손이 목적이 아니라, 그들의 행위에 의해, 내가 어쩔 수 없이 여러 선택들을 해야 했고, 그로 인해 국가 안보에 관한 사건들이 생기고, 또한 내가 한 국제정치학적 관찰을 가능하게 했다는 것을 설명하기 위한 목적으로 사실을 서술하였다. 이는 시민들의 안전과 안전에 대한 이해를 위해서 사실을 적시한 것이며, 공공의 이익을 목적으로 서술하였음을 밝힌다. 또한 그들의 학대로 인해 현재의 위난을 피하기 위하여 쓰는 부분도 있으니, 명예 훼손법에 문제가 되더라도 긴급피난의 사유를 고려해 주시기를 바란다.

나는 어려서부터 우리나라 사극이나 다른 나라의 사극 보는 좋아했는데, 2001년 KBS에서 기획한 드라마 '명성황후'도 좋아한다. 물론 국제정치사적으로 부정확한 부분은 많다. 고종(재위: 1864년~1907년) 당시에 일본이 부자라서 명성황후가 차관을 빌려왔느니, 일본 외교관 부인 행세를 하던 미치코가 서양 외교관 부인들이랑 친하게 지냈느니 등. 일본은 너무나 가난해서 아이들까지 동원해 군수물자를 마련해, 시민들의 복지보다 전쟁을 우선시하여 태평양 전쟁을 준비하고 일으켰다. 그리고 명성황후를 모시던 당시의 서양 외교관 부인들이 궁전에 서구 문물을 가지고 오면서, 일본 여자 미치코와 함께 조선인들에게 앞선 서양 문물을 가르친다고 사극에 나오는데, 그것 역시 '일본은 선진국이다'라는 잘못된 전제를 바탕으로 한 역사적 추론이다. 당시 한반도의 미국 여성 지식인이나 서구 귀족 여성들은 조선 왕비에게는 아양을 떨고 일본인이라면 대놓고, 보란 듯이 업신여기고 꺼지라며 박대했을 것이다(내가 대학 때는 서구 외교관 지망생들이 일본 유학생들 없는 데서 본심을 드러내 놓고 일본 욕했다.).

그런데, 드라마 '명성황후'의 작가들과 연출가들은 비외교관으로서 나름대로 열심히 당시 국제정치적 상황을 연구해서 쓴 것이라, 내가 뭐라고 하지는 않겠다. 음악도 너무 좋고, 스토리 전개도 탄탄하고, 의

상과 건축물은 더더욱 아름답다. 특히, 고종을 입양한 신정왕후에 대한 인물 묘사는, 나를 입양해 주신 할머니와 너무 비슷해서 너무 좋다. 우리나라의 전통적 정치학을 꿰뚫고 있는 점이나, 양반 여성들 특유의 말투와 발성법이 우리 할머니와 똑같다.

드라마에서나 인터넷에서나 여기저기 고종황제에게 후궁이 많았다는 이야기가 정통적인 역사인 것처럼 나온다. 학부 때 우리 한국 사회학 교수님은, 그분의 석사 과정 때 1930년대와 1940년대를 직접 사셨던 더 윗대의 교수님한테서 배웠는데, 우리가 소위 일제강점기라고 불리던 당시에는, 독립운동을 하던 사람들이 아닌 보통 사람들은, 라디오, 재즈 음악, 신문 등 서구 문물을 즐기며 그럭저럭 잘 살았다고 한다. 특히 신문이 보편화되면서, 정치나 사회 문제가 아닌 연재소설 같은 것을 전문적으로 쓰는 사람들이 생겨났다고 한다. 아마 그런 이야기들 중 한 부류로 "고종황제에게 후궁이 많았다"라는 이야기가 여러 갈래로 전개가 된 것 같다. 현재 영국 기자들이 해리 왕자에 대해 짓궂게 이야기를 만들어 내듯이.

서울 중구에 있는 한국은행 본관이나, 구 서울역사 등을 보면, 고종황제 님은 너무 바빠서 후궁들과 노닥거릴 시간이 없었을 것으로 내 눈에는 비친다. 고종황제의 업적을 보면, 내가 어려서부터 군주 교육을 받았듯이, 신정왕후가 가장 똑똑한 왕족을 골라 아예 어렸을 때부터 서학을 배운 학자들한테서 교육을 시키지 않고는, 그런 업적들이 나올 수가 없다. 공부하느라 바빴을 텐데, 자기보다 지적 수준이 낮은 궁녀 출신 애인들이 있었을 가능성이 아주 적다고 본다. 그리고 이런 타입의 남자분들은 부인에게 중대한 성격적 결함이 없는 한 바람을 잘 안 피우는 것으로 나는 알고 있다.

그래서 나는 생각했다. 어차피 서구에서도 수년째 나에 대해 영화와 드라마와 책들이 나오고 있고, 나의 사생활에 대해 서구 사람들이 열광을 하는데, 우리나라에서도 나에 대한 영화와 사극 드라마와 역사책이 나올 것이 아닌가. 나중에 역사학자들이 힘들게 연구할 바에야, 그냥 현재 우리에게 주어진 매체로 내가 나에 대해서 기억되길 원하는, 나에 대한 여러 가지가 설명이 되는, 정통적인 역사를 내가 직접 알리는 게 나의 체면을 위해서 더 안전할 것 같다. 여러 종류의 픽션 작가나 방송 제작자를 위해서도 나의 개인사를 자세히 알려주기 위해 이 장을 쓰기로 했다. 그런 목적을 위해서라면 얼마든지 참고하시고 인용하시기를 바란다.

## 1) 어린 시절과 군주 교육 1987~1999

내 생각으로는, 나의 친부와 친모는 그냥 뇌과학적인 이유로 타인에 관한 공감 능력이 많이 떨어지는 사람들이었다. 둘 다 재산과 권력이 많은 집안에서 태어나 우리나라 기준으로 크게 도덕성이 결여된 소시오패스라는 점에서 짝꿍이 맞아 결혼한 것 같다고 나는 생각한다. 친부의 아버지는 6.25 때 대위로 싸우시고 휴전 후 작은 도시 시청의 고위 공무원으로 일하시다가 내가 태어날 무렵에 퇴직하셨다. 나의 친할아버지였던 이분은 아들들에게는 근엄하고 나에게는 너무나 인자하신, 아주 도덕적인 양반의 후예셨다. 6.25 전쟁에 대해 자세히 가르쳐 주시고, 양반과 상민의 구분이 없어야 함과 판사들을 중요히 여기는 독립적인 사법부의 중요성을 나에게 가르쳐 주셨다. 이 할아버지는 2003년 친할머니가 돌아가시고 오랫동안 거기에 따른 우울증과 화병으로 고생하시다가, 내가 대학교 3학년인 2008년에 돌아가셨다. 그분 말씀으로는 아들인 나의 친부가 "너무나 비도덕적인 선택을 많이 하고, 공부에는 관심이 없으며, 거짓말과 온갖 나쁜 짓을 하고 다녀서 젊었을 때 할머니 할아버지 속을 많이 썩였다"고 한다. 내가 5살 때의 기억인데, 할머니가 나의 친부를 꾸짖자, 친부는 삼촌들을 동원해 할머니를 정신병원에 넣겠다고 들쳐 업었던 기억이 있다. 물론 이건 한 어린이의 기억일 뿐이다.

친모의 아버지인 나의 외할아버지도, 그분의 아버지에게서 권력을 물려받아, 한반도의 실질적 절대왕권을 행사하시던 정치인이자 외교관이셨다. 외할머니 말씀으로는, 나의 친모가 "공부나 다른 사람에 대한 안위는 관심이 없고 오직 돈과 무당만을 좋아하는 악질적인 기질을 가지고 있어서, 외할머니 외할아버지가 많이 실망하셨다" 하신다. 1987년 나의 친모와 친부가 결혼하며 내가 태중에 생기자, 외할머니와 외할아버지는 친모의 성향을 봐서는 아마 자신보다 약한 아이를 죽일 것이라고 추측하셨다고 한다. 그래서 나의 친모에게 이렇게 이야기했다고 하신다. "만약 아이를 죽이지 않고 우리에게 준다면 너에게 300만 원을 주겠다." 그래서 나는 태어나자마자 외할머니와 외할아버지에게 입양이 되어 자식으로 등록이 되었다. 할아버지는 후계자가 태어난 기념으로 남한의 민주주의를 선포하셨고, 그날 많은 사람들이 축하드렸다고 한다.

그게 1987년도였는데, 의학이 많이 발달된 2025년 지금 나의 의사 말로는 "친모가 나보고 10달 동안 계속 '죽어라, 죽어라' 해서, 무릎이 발달이 덜 되어 안짱다리로 걷는 것이고, 장과 위장이 섬유화(fibrosis) 됐으며, 자궁이 기형으로 태어난 것"이라고 한다. 어렸을 때 할머니 댁에 살 때 매일 밤 무릎이 아파서 엉엉 울었던 기억이 있다. 할머니가 젊으셨을 때 한의학을 배우셔서, 아이가 밥도 잘 안 먹고 체질이 너무 허약해, 나의 친모의 잘못이라고 생각하시고 친모가 알아듣게 많이 꾸짖으셨다고 한다. 덕분에 다행히 나의 두 동생들은 건강하게 태어났다.

나의 소화기관 섬유증은 자라면서 보통 사람들보다 약 12kg의 무거운 소화기관으로 발달해, 그 무게로 인해 등과 허리가 항상 굽어 있게 됐다. 그걸 고칠 수 있는 것은 최근에서야 의학적으로 치료법이 생겼다고 하는데, 그냥 놔뒀으면 30세에 죽었을 거라는 말을 하며 의사가 눈물을 닦는다. 자궁이 기형이라서 중학교 이후 매달 4~5일 동안 복통이 너무 심해 움직이지를 못한다. 나중에 초등학교 때부터 고등학교 때까지 해외에서 친부와 친모와 살면서, 그들은 매일 나보고 죽기를 바란다는 의도를 가진, 살기가 가득한 폭언을 퍼부은 것 같다는 것이 여러 의사들의 의견이다. 그런 말을 오랫동안 충분히 들으면 긴장해서 생기는 호르몬 분비로 인해 복통과 우울증이 심해졌다고 여러 의사들이 말한다.

그래도 서울에서 유치원 졸업할 때까지는 할머니와 할아버지와 행복하게 살았다. 그분들은 내가 할아버지의 정치적 후계자가 되기를 아예 작정을 하서서, 말을 배우기 전부터 정치적 분석이나 외교정책에 대한 말씀을 나한테 많이 하는 전통적인 교육 방법을 쓰셨다고 한다. 할아버지는 1910년대에서 1940년대에 서구에서 경제학 학위를 따고 한반도에 돌아온 분들을 경제 고문으로 삼아 자주 회의에 나가셨는데, 자주 나도 거기에 데리고 가서서 후계자라고 선언하셨다. 나는 무슨 영문인지도 모르고 회의 내내 많이 지루했었던 기억이 난다. 할아버지의 정치적 활동은 나도 자라나면서 천천히 여기저기서 주어 들었는데, 대학교 때 한국에서 활동하던 러시아인들 말로는 할아버지가 주한미군과 UN군, 그리고 남북한 정부를 아울러 관장하는 절대왕정제의 황제 역할을 했었다고 한다. 초중고 때 방학 때 서울에서 할아버지가 외출하실 때 가끔 나를 데리고 나가시면, 갑자기 길거리에 사람들이 없어지고 "위이이이잉~" 하면서 경보음이 들리고는 했는데, 아마 그때 러시아인들이 내가 황제의 후계자라는 것을 보았던 것이었을 것이다.

1993년 내가 초등학교 1학년이 되자, 할아버지는 나를 강한 외교관으로 키우기 위해 미국의 어느 부유한 도시로 보내셨다. 나이가 어려서 혼자는 못 보내고, 께름칙하기는 해도 나의 친부와 친모를 함께 보내셨다. 할아버지는 사위인 나의 친부를 남한의 어느 중소기업의 미국 지점장으로 삼아 좋은 집을 얻어주셨고, 나는 그 도시의 초등학교에 입학하게 되었다. 그 당시 나는 나의 첫 번째 국제경제학 관찰을 했다. 서울에 할아버지 집에서 전철역으로 걸어가면 길거리에서 돈을 구걸하는 "불쌍한 사람"이 한 명이었는데, 당시 우리가 묵었던 뉴욕의 최고급 호텔에서 지하철역으로 같은 거리를 걸어가면 돈을 구걸하는 "불쌍한 사람"이 3~4명이었다.

한국에 호의적인 미국 지식인들인 나의 선생님들은 나를 많이 예뻐해 주었다. 물론 집에서는 친부와 친모가 할아버지가 양육비로 보내주시는 것을 대부분 자기 자신들을 위해 빼돌렸고, 정서적인 학대로 인해 고통스러워했을 것이라는 것이 경찰학을 전공한 주한미군 장교들의 의견이다. 그래서 그런지 한국과 도덕 기준이 비슷한 선생님들이 있는 학교에서는 위안을 느꼈고, 미국식 교육이 너무나 흥미로웠다. 초등학교 5학년 때는 할아버지가 미국으로 와서 나의 교장 선생님과 만나 이런 이야기를 나누셨다.

교장 선생님: 보경이는(할아버지가 지어 주신 나의 아명. 굳세고 강하다는 뜻인데, 대학 졸업 후 굳세고 강해져야 하는 일들만 계속 생겨서, 힘들어도 그냥 흐른다는 뜻의 율로 우리나라 법원에 개명 신청을 해 승인을 받았다. 그리고 서양 사람들은 보경 발음을 잘 못한다. 맨날 보경, 보큥, 보키엉 이런다.) 올해에도 미국 초등학교 표준화 시험에서 전국 1등을 했습니다.

할아버지: 아이고, 우리 보경이 잘 했다. (교장 선생님에게) 이 아이는 장차 코리아를 이끌어갈 귀한 아이니 특별히 교육시켜 주시게나.

교장 선생님: 예, 각하(Your Excellency).

방과 후 집에 들어가기 싫기도 해서, 학교에서 주최하는 방과 후 프로그램인 발레도 하고 체스 클럽도 했는데, 그 도시에 주민들을 위해 좀 크게 하는 연극 프로그램(community theatre)이 있어서 거기에 아역 배우로 활동했다. 극단 감독님은 할아버지와 동갑이신 6.25 참전용사셨는데, 자주 극장에서 아침 식사도 하고 그분 집에 초대되어 저녁 식사도 함께했다.

물론 방학 때는 한국으로 와서 할아버지 댁에서 지냈다. 그리고 초등학교 6학년부터 고등학교 때까지는 가끔 할아버지가 가난한 개발도상국에 보내서 몇 주씩 그곳의 믿을 만한 서구 교민들과 함께 지내게 하셨다. 내가 느끼기에 내가 죽기를 바라는 것 같은 친부 친모와 지내는 것보다 덥고 더러운 후진국이 차라리 나았다. 그리고 사실, 미국의 부유한 도시에서 편하게 공부하는 것보다, 개발도상국에 살면서 인간의 온갖 군상을 관찰하는 게 나를 외교관으로서 더욱 강하게 한 것 같다.

## 2) 중고등학교와 중국 여행 2000~2005

내가 중학교 때, 친모와 친부는 홍콩으로 이사를 갔다. 나도 1년 동안 따라갔다가, 대학 준비를 위해 고등학교 때 다시 미국에서 졸업 시험을 마쳤다. 남한으로 치면 중학교 3학년인 8학년 때, 할아버지가 이제 중국에도 가서 중국인과 중국 정부, 중국 경제, 중국 군대를 둘러보라고 하신다. 지금 생각하니, 나에게 전시전작권을 물려주셔서 적국을 꿰뚫고 있는 막강한 군주로 키우려고 하셨던 할아버지의 전쟁 전략이었다. 2000년 당시 베이징과 중국 동남쪽 해안에 있는 상하이와 광저우 같은 대도시에는 대기업 지점장들과 개인 사업을 하는 등의 한국 교민들과 한국 유학생들이 꽤 많이 있었다. 하지만 중국의 대부분을 차지하는 내륙 지방에는 공산당이 개방을 안 해서, 우선 한국과 동맹인 영국인이 많이 살던 홍콩으로 우선 이사를 가기로 했다.

나와 친부, 친모, 그리고 두 동생들은 홍콩으로 이사를 가게 되었는데, 친부 친모가 너무 좋아한다. 미국은 한국 사람들과 생긴 것은 달라도 도덕의 기준이 한국과 비슷해서, 미국에 살 때는 친부 친모가 도덕적인 척하며 살아야 해서인지 갑갑해했다. 홍콩은 물론 한국과 도덕 기준이 같은 영국인이 많기는 해도, 영국 사람들이 사는 부유한 지역 밖으로만 나가면 다들 예의 안 따지고 위생 안 따지는 중국인들이다. 나의 친부 친모는 자기들 마음대로 하고 싶은 나쁜 짓을 하며 살 수 있어서인지 좋아하며 아예 홍콩에 눌러앉겠다고 한다.

나도 8학년은 홍콩에 있는, 영국인이 경영하는 학교를 다녔다. 영국인 선생님들이 친절하고 미국 선생님들처럼 나를 많이 편애해 줘서, 학교생활이 괜찮았다. 그 학교는 영국 학생들이 4분의 1 정도 되고, 반은 미국과 캐나다를 포함한 다른 서구 국적의 아이들이었고, 나머지 4분의 1이 인도나 동남아 등 기타 국가에서 온 아이들이었다. 한 반에 한국인 교민 학생도 한두 명 됐었는데, 우리 반에도 영어 이름이 브라이언이라는 한국 남자애가 있었다. 통통하고 안경을 쓴 아이였는데, 나처럼 특별히 공부를 잘 하지 않아도, 엄격한 영국인 선생님들이 한국인이라고 그 아이를 많이 귀여워하였다. 유치원 레벨부터 고등학교 졸업반까지 다 포함한 사립학교였는데, 대학교 때부터 세계 외교사를 연구하기 시작하고 외교관이 된 후인 지금, 많이 후회가 되는 게 고학년이 쓰던 영국인 관점의 정식 세계사 교과서를 찾아서 읽어보지 않은 것이다. 언젠가 기회가 오겠지.

홍콩은 아열대 기후라 일 년 동안 40도가 넘는 날이 많고 엄청 습하다. 할아버지는 우리 가족을 위해 영국인들과 서구인들, 그리고 한국인들이 모여 사는 부자 동네에 집을 구해주셨다. 그런데 그 동네 밖에 나가면 중국인들만 사는 곳이라 많이 위생이 떨어지고, 한국인 기준으로는 엄청 가난하다. 영국인들은 한국인만큼은 아니지만 그래도 위생에 대한 개념이 있어서, 내가 다니던 사립학교는 청소부를 고용해 깨끗하고 에어컨도 잘 나오는 한국 공립학교와 같은 수준의 학교였다. 그런데 학교 유지비, 교과서와 학용품을 영국에서 운송해 올 우편비용, 그리고 중국 내륙 견학 비용 등을 마련하기 위해 일 년 등록금이 800만 원가량 되었다.

할아버지는 나와 내 두 동생들을 에어컨 나오는 좋은 학교에 다니라고 친부에게 많은 학비를 보내 주었다. 나의 교육은 할아버지가 수시로 확인하기 때문에 나는 무사히 좋은 학교를 다닐 수 있었지만, 내 동생들은 그럴 수 없었다. 주한미군 장교의 의견으로는, 친부가 그들의 사립학교 등록금을 횡령해서 자기 은행 계좌에 넣은 것이라고 한다. 그래서 동생들은 더럽고 에어컨 안 나오는, 학비가 한 달에 3만 원 정도 되는 중국인 학교를 다녀야 했다. 안 그래도 집에 같이 살면 그들의 정서적 학대를 당한다는 느낌이 들었는데, 나의 착한 두 동생이 한국인으로서 겪지 않아야 할 그 고생을 하는 것을 보고 나는 아무것도 할 수 없어, 청소년기부터 우울증이 생기기 시작했다.

1년 동안 홍콩에 있다가 나는 다시 미국에 돌아가서 자취를 하면서 고등학교 졸업 시험까지 마쳤다. 나의 교장 선생님과 지도 교사 선생님은 나의 성적이 미국 전국에서 상위 1%에 해당되니, 미국의 가장 비싼 사립대학인 하버드에 지원하라고 한다. 방학 때 홍콩에 가서 친부에게 이야기하니, 친부는 내가 대학 가면 공부 못 하게 더더욱 학대할 것이며, 대학 등록금도 다 자기 앞으로 횡령할 것이라는 말투로 반응을 보인다. 그래서, 결과적으로 한반도의 안보를 위해 다행인지, '안 되겠다, 한국에 돌아가 할아버지 밑에 숨어 살아야겠다' 이렇게 마음을 먹었다. 마침 인터넷에 한국에서 외교학을 전문적으로 가르치는 대학에서 전 과정 영어로 학부생들에게 개방하는 프로그램을 개설했다는 광고를 보았다. 그래서 한국에 돌아가 학사 학위는 한국에서 받고, 나중에 미국의 하버드로 가서 박사 학위를 받을 것이라는 계획을 세웠다.

중고등학교 때 미국에 있을 때는 여성 친구든 남성 친구든 많은 주변 학생들이 이성에 관심을 갖기 시작했다. 그래서 우리 학교의 누구와 누구가 정식적으로 사귄다느니, 누가 누구를 좋아했는데 고백했다가 거절당했다느니 이런 이야기가 많이 돌아다녔다. 2000년대 미국에서는 벌써 그 나이부터 성관계를 하는 아이들까지 있었다. 어디서 들은 것인데, 미국만 그런 게 아니라 우리나라도 그때쯤 똑같았다고 한다. 나와 여러 해 같은 반이었던 어떤 여자애는 서양 남자애들 기준에는 그렇게 예쁜 게 아니었다고 하는데, 남자애가 조금만 잘해 줘도 쉽게 사랑에 빠져서 그 애를 마구 쫓아다녔다. 그러면 남자애들이 기겁을 해서 벗어나려고 했는데, 20년 후 페이스북에 보니, 아직도 그것을 반복해서 결혼을 못 하고 미혼인 채 아이가 둘이다.

그런데 이 친구가 매번 사랑에 빠질 때마다 좋아하던 남자에 대해 재잘재잘 떠드는 순간만은 너무나 행복해 보여서 많이 부러웠다. 나는 중고등학교 때 그렇게 누구를 좋아해 본 적이 없었다. 그때도 잘생기고 똑똑한 남자가 내 취향이었다는 것을 알았는데, 그렇게 잘생긴 남자애도 못 봤고 똑똑한 남자애도 못 봤었다. 몇 년 후 한국에 와서 주한미군 남자아이들이랑 우정을 쌓게 됐는데, 그 애들이 하는 말이 "미국 남자 기준으로는 너는 너무 예뻐서 다들 무서워했을 것이다" 이런다. 남자애들 중 아무도 나보고 저녁 식사를 같이 하러 가자거나 백화점에 가자던지 나한테 사귀자고 하는 아이가 없었다. 그들이 나를 무서워하는 것을 느낄 수 있었고, 나는 내가 학교 성적이 전국 1등이라서 다들 무서워하는 줄 알았다. 내가 말 걸면 다들 긴장하고 얼굴이 빨개지며 버벅거린다. 그리고, 외국에 오래 살아서 그런지, 나는 남자 친구와 남편처럼 깊은 사이는 나와 같은 한국인이어야 한다고 생각했다. 사실, 미국은 인종이 다양한 국가인데, 문화적 이유로 같은 인종들끼리 결혼하는 경우가 많다. 오바마 대통령과 미셸 영부인처럼.

고등학교 2학년인 11학년에 미국 수학능력시험과 대입과정 준비시험(Advanced Placement)을 마치고 한국의 그 유명 대학에 원서를 넣자, 무사히 합격되었고, 나의 할아버지와 할머니는 너무나 좋아하셨다. 그리고 입학일인 2006년 3월까지 1년 정도 시간이 남자, 할아버지는 홍콩 시내에서 약 1시간 거리인, 중국의 어느 항구도시에 살면서 염탐을 하고 오라고 하신다. 그 도시는 1850년부터 1950년까지, 한국과 동맹이면서 중국의 적국인 프랑스군이 점령했던 도시였는데, 따뜻한 날씨로 인해 중국 공산당 간부들의 여름 별장이 모여있는 곳이었다. 서울의 명동 성당처럼 아름다운 프랑스 건축물이 많았는데, 2000년대 초반에는 중국인들이 그런 건물들을 장악해 살면서 엄청 더럽게 쓰고 있었다.

할아버지가 구해 주신 아파트는 서구인들과 한국인, 그리고 중국 공산당 간부들이 모여 사는 고급 아파트 단지였다. 홍콩에서처럼 일본인들은 대기업 임원의 가족이나 개인 사업하는 사람들의 가족들이 많았는데, 서구인들 사는 동네에서 밀려나 자기들만의 아파트 단지와 일본 교과 과정을 가르치는 학교를 따로 만들어 살고 있었다(대부분의 서구인들은 한국인만 대접해 주고 일본인은 엄청 박대한다.).

그 고급 아파트 단지에는 수영장과 테니스장이 있어서, 방과 후 내 또래 한국 청소년들이 모여서 그룹을 만들어 어울렸다. 그중에 진우라는 한국 남자아이가 있었다. 아버지가 한국의 한 시골에서 농사를 작게 짓다가 남한 정부에서 주관하는 농촌 컨퍼런스 때문에 1년 와 있었다(중국은 농토가 기름지다.). 우리 세대는 가난해도 아이들이 영양 상태가 좋아, 진우는 키가 작아도 체격이 좀 있었다. 미국 사람들은 한국과 도덕이나 범죄의 기준은 비슷해도, 미(美)의 기준이 한국 사람들과 많이 다른데, 나는 오랜 시간 백인들과 지내다 보니 눈 작은 남자가 잘생겨 보인다. 진우는 방과 후 아파트 단지에 도착할 때마다 내가 사용하는 게이트에서 순수한 마음으로 나를 기다리고는 했는데, 그래서 눈이 반짝거렸다. 지능이 좀 낮은 편이어서 그랬는데, 나는 그때 그것을 모르고 우연히 계속 만나게 되는 줄 알았다. 나한테는 아버지가 한국에서 농부였다는 게 부끄러워서인지 미국에서 살다가 왔다고 한다. 그래서 나는 진우가 나와 똑같은 줄 알았다. 나는 그 나이 여자 친구들이 남자애 좋아하는 것을 부러워했는데, 한번 진우도 좋아하는 마음을 내볼까 생각을 했다.

방과 후 나는 같은 한국 사람들이라 반가워서, 한국 남자애들이 모여있는 곳에 자주 끼어 보려고 했다. 친근하게 말도 걸고 친구가 되려고 하는데, 남자애들이 다들 나를 피한다. 그러다가 어느 날 그중 영어 이름이 해리인 한국 남자애가 나한테 이런 말을 한다. "얘네들은 다들 한국에서는 시골 아이들이니까, 너처럼 서울 애가 오면 싫어한다. 다시는 여기 오지 마라" 이런다. '그건 또 무슨 소리야.' 충격을 받아 있는 순간, 그중에 진우가 효신이라는 나보다 한 살 많은 한국 언니랑 붙어 있는 게 보인다. 해리를 포함한 한국 남자애들이 그들을 놀리며 손가락질한다. "진우 뚱땡이. 효신 누나는 짭새 부인." 이런 말이 오고 간다. 한국 남자애들 기준으로는 뚱땡이가 욕이고, 진우가 어리바리하면서 덩치가 있으니까 조폭이라고 비하하는 것이다. 짭새는 조폭이 아니라 조폭들이 경찰을 부르는 말인데. 덜떨어진 남자애들이 용어를 잘못 쓰는 거였다. 그리고 효신이 언니는 한국 남자애들 기준으로 못생겼으니, 둘이서 결혼하면 딱이라는 뜻이다.

그 순간 나는 생각했다. '아, 나는 체격이 큰 남자를 좋아하는구나.' 그리고 이건 정말 몰랐었던 것인데 '아, 나는 경찰과 결혼하고 싶구나.' 이런 생각이 든다. 나는 그곳 한국인 사회에서 쫓겨난 충격으로 고통스러운 마음을 가지고 집에 오자, 홍콩에 있던 친부와 친모가 와있어서, 나를 구박한다는 생각이 들었다. "왜 이렇게 내 돈을 많이 쓰냐", "공부해서 뭐 하냐 돈이나 벌어오지 않고", "내 돈을 너무 많이 써서 너는 살아 있을 가치가 없다" 이런 투의 말을 하는 것 같은데, 내가 느끼기에는 살기 가득한 폭언을 퍼붓는 것 같았다. 친모는 힘이 장사라서 나를 자주 구타하고, 친부는 홍콩에 있었을 때 화 난다고 골프채를 휘두르며 가구를 부순 기억이 있다. 물론 이건 우울증이 있던 한 청소년의 기억일 뿐이다. 물론 친부나 친모가 직접 돈을 버는 게 아니라, 양가 할아버지 할머니가 양육비로 보내 주는 돈을 나와 동생들을 위해 쓰지 않고 자기들 은행 계좌에 열심히 차곡차곡 쌓던 중이었을 것이라는 이론을 나중에 주한미군 장교들이 제안을 했다.

그렇게 며칠이 지났다. 나는 너무나 사는 게 힘들어서 친부모의 뜻인 것처럼 죽고 싶었다. 책상 위에 있던 필통에서 사무용 커터 칼을 꺼내서 손목을 긋기 시작했다. 그런데 칼이 중국산이라 듣지를 않는다. 아무리 찔러도 피부에 들어가지를 않는다. 나는 자살하기를 포기하고, 우울한 마음으로 남은 학기를 중국에서 마쳤다. 빨리 한국으로 돌아가고 싶은 마음뿐이었다. 중국 공산당 간부 애들은 나를 무시하고 일부러 자기들 모임에서 따돌려서 학교에서는 친구가 거의 없었다. 한국 여자애 중에 서울에서 온 한 친구와 그 동네에 살던 영국애들, 미국애들 등 서구 애들이랑 말을 터놓고 지냈다.

어느 날, 나는 그 동네에 몇 달 와있던 프랑스인 대학생과 대학원생 언니 오빠들을 만나게 되었다. 그 도시가 옛날에는 프랑스군 주둔지라서 프랑스 총영사관이 한국의 미군 부대처럼 규모가 컸고(물론 주한미군은 한국을 부국으로 존중하지만, 주중 프랑스인들은 중국을 식민지 급으로 보았다), 프랑스 외교관들과 대기업 임원들, 사업가들이 많았다. 그들의 자녀들이 방학이라고 와 있었던 것이다.

"와, 조그마한 한국 여자애다!" 한 대학생이 나를 그들이 모여있는 그룹으로 데리고 오자 다들 좋아한다. 다들 한국 영화와 음악 등 한국 문화를 고급스러운 것으로 높이 평가한다고 한다. 한국에 돌아갈 때까지 몇 달 동안 그들은 언제나 그들의 모임에 끼워 주었다. 중국 식당에 가서 자주 식사도 하고, 한국인이 경영하는 노래방이 딸린 식당에 가서 밤새도록 노래도 하고, 프랑스 영사관에서 주최하는 파티에도 초대해 줬다. 그들은 영국인처럼, 한국인과 비슷하게 예의와 위생을 따져서, 식사할 때는 한국인처럼 엄격하게 예의를 지켜가며 먹었다. 그런데 조금 친해지면 별별 주제를 가지고 농담을 잘 한다. 미성년자인 내 앞에서 성(性)에 관한 농담을 자주 하면서 웃고 떠든다. 나는 그들 덕분에 힘들었던 중국 생활에서 큰 위안을 얻고 한국으로 돌아올 수 있었다.

## 3) 귀국 그리고 대학 시절 2006~2014

나는 그렇게 초중고를 해외에서 보내고 2006년 1월 나의 모든 옷과 책들을 정리해서 서울 할아버지 댁으로 다시 이사를 왔다. 나의 대학 교수님들은 다들 너무나 친절하시고 나를 칭찬해 주셨다. 그 학교가 한국에서는 좀 어렵게 가르치는 학교였는데, 나만 한 고등학교 성적을 가진 입학생은 없었다고 한다. 다들 일종의 추첨제로 들어왔던 것 같다. 경제학, 한국 사회학, 국제정치학 등을 배우기 시작했는데 학문적으로 너무 흥미가 있었고, 나보고 수재라고 하시던 그 대학 교수님들의 관심을 한 몸에 받았다. 첫 두 학기에는 미국에서 아역 배우로 극단에서 활동한 경험을 바탕으로, 영어 뮤지컬 동아리를 만들어 학생들을 배우로 뽑아 연극을 연출했다. 중국 공산당 간부 애들에 비해 한국인 학생들은 다들 예의가 바르고 위생이 철저하다.

그 대학 외교학부의 학생들은 인터넷에 동기들을 위해 만든 동아리에 다들 멤버로 등록해 여러 가지 모임을 했다. 학교 근처 식당에서 모임도 하고 MT라는 여행도 가고 그랬다. 그런 데서 만난 시진이(가명)라는 남자애가 있었다. 고등학교 때 진우처럼 덩치가 크고 눈이 작아 진우를 연상케 하는 남자애였다. 시진이는 같은 학번의 같은 대학 학생이라고 다른 학생들에게 말하고 다녔고, 내가 미국에 오래 살다 온 것처럼 호주에 살다 왔다고 했다. '이 정도면 되겠다'라는 생각에 나는, 진우가 효신이 언니와 했던 것처럼, 공식적으로 사귀면서 캠퍼스 커플이 되었다. 물론 내가 시진을 좋아하는 마음이 있던 것은 아니고, 시진이가 나를 좋아하는 것을 알고 그와 사귀면서 사생활로 다시는 골머리 썩히지 않고 학업과 외교관이 되는 일에 집중하고 싶었다. 너무나 착한 한국의 동기들은 우리 둘을 축복해 주었다. 다들 좀 "저렇게 못생긴 남자애가 저렇게 예쁜 여자애랑 사귀네" 이런 눈치였지만, 나는 속으로 '나는 미국에 오래 살다 와서 그런 것 몰라' 이렇게 생각하고 그런 눈초리를 외면했다.

그런데 시간이 지날수록 뭔가 이상한 것을 느꼈다. 시진이는 자기가 공부를 잘 해서 그런 명문대에 들어왔다고 자부했지만, 말을 할 때 정보를 응용을 해서 이야기를 하는 게 아니라 드라마에서, 영어로 된 영화에서 본 대사들을 외워서 그대로 되풀이했다. 내가 뭐라고 말을 하면 논리적으로 생각해 대답을 하는 게 아니라, 우물쭈물 대답을 하지 못했다. 둘 다 영어 국가에 오래 살다 왔으니, 내가 영어로 말을 하면 언제나 한국어로 주제를 바꾸었다. 몇 달 뒤, 우리 학부 교수님 한 분과 오랜 이야기를 나누다가, 교수님이 이런 말을 하신다. "시진이 걔 우리 학교 학생 아니야! 걔가 우리 대학 학생 행세를 하며 강의도 나가고 모임도 나가고 해서, 관리인 아저씨에게 걔 우리 학부 건물에 못 들어오게 했어!"

그는 유명 대학에서 학생 행세를 하며 나와 캠퍼스 커플이 된 것이었다. 나는 좀 감이 오는 게 있어서, 인터넷으로 사회복지사들이 지적장애인에 대해 쓴 글을 찾아보았다. 시진이의 모든 것이 지적장애인에 해당이 된다. 이런 아이들은 중고등학교 때 지능이 떨어진다는 이유로 친구가 없고 학생들에게 비웃음을 받는다. 거기에 반발해 시진이가 유명 대학 학생 행세를 한 것이다. 물론 호주에 살다 왔다는 것은 거짓말이고. 이런 지적장애인들은 식욕을 제어하는 능력이 없어 다들 통통하고 체격이 있다고 한다. 이들은 무엇이든 배우는 속도가 아주 느리고, 정보를 응용해서 대화를 할 줄 모른다고 나온다. 그 모든 것이 시진이와 딱 들어맞는다. 몸은 성인이 되어도 지능이 장애 급수에 따라 3살에서 12살 정도가 된다고 한다.

기가 막힌 것은 성(性)에 대한 내용이다. 지적장애인들은 성욕을 제어할 줄 몰라 자원봉사자들에게 성범죄를 가하는 경우가 간혹 있다고 한다. 내가 시진이와 캠퍼스 커플이었을 때, 내가 중국에서 만난 프랑스 친구들처럼 세련된 성에 관한 농담을 했는데, 시진이가 그 이야기를 듣고 성에 집착을 한다. 성관계를 요구하는데, 나는 결혼할 때까지는 안 된다고 거절을 했다. 그러자 시진이는 8살 아이의 목소리로, 양 어깨를 앞뒤로 흔들며 "어엉~ 하자, 하자" 이런다. 당시 나는 만 18살로 막 성인이 된 지 얼마 안 됐는데, 그게 너무 더럽고 역겨웠으며, 그 상황이 너무나 괴상하고 충격적이었다. 한번은 다른 동기들이 없는 자리에서 자신의 성기를 만져달라고, 적극적으로 자기에게 성관계를 해달라고 요구를 한다. 그런데, 시진의 성기는 길이는 성인 남성의 길이인데 굵기가 어린이 성기였다. 연필 모양의. 그리고 자기 자신은 혼자 목욕을 할 줄 몰라, 그 애 엄마가 씻겨 주지 못하는 허벅지 안쪽이 검은 때가 덕지덕지 끼어 있었다.

그러다가 다행인지, 사생활에 대해 신경 안 쓰려는 나의 계획은 무산되었다. 어느 날 시진이가 나한테 "너는 한국 사회에 안 맞아" 이러며 어디서 다른 사람한테 들은 말을 나한테 되풀이한다. 그리고 헤어지자고 한다. 내가 걔를 좋아하는 것도 아니고 성적으로 나를 역겹게 했지만, 자존심에 큰 상처를 입었다. 그리고 그렇게 고등학교 때처럼 다시 한번 한국인 사회에서 퇴출당했다. 거기에다가 첫 학기인 그때부터, 대학 동기들이 학교 과정이 너무 어려워 다들 다른 학교로 전학을 가기 시작했다.

나는 그 당시, 할아버지 댁에서 나와 학교 기숙사에 머물고 있었는데, 한 여자아이가 자기도 미국 교포라면서 나에게 접근한다. 영어 이름은 제인이란다. 자기 아버지는 크게 사업을 하는 부자고, 미국에서 돌아온 지 얼마 안 됐다고 한다. 외로움을 타고 있었던 나는 그녀가 우정을 신청해 오는 것이 반가웠다. 사실 제인은 그 학교 학생은 맞았는데 나처럼 고교 성적으로 들어온 게 아니라 추첨으로 들어온 농어촌 전형 학생이었다. 물론 이 친구도 교포가 아니고 이태원에서 미국 여자애들 따라다니며, 그들이 하는 말을 무슨 뜻인지 모르고 정확한 미국식 발음으로 내 앞에서 읊어대며 미국 시민권자 행세를 하고 있었다. 나는 그것도 모르고 영어로 대화를 이어 가면, 그녀는 당황해하며 주제를 돌리며 한국어로 딴소리를 한다.

그때가 2006년 4월이었는데, 그 당시부터 나의 주위에 러시아군들이 캠퍼스로 들어와 감시하고 있었다. 우리 대학에는 서양인 학생들이 많았는데, 러시아인들은 서구 사람들과 비슷하게 생겨서, 나는 그냥 그들이 러시아인임을 못 알아보고 그냥 유학생이려니 하며 지나쳐 다녔다. 이들은 북한 국경을 지키는 우리 할아버지가 나를 후계자로 세운 것을 알고 있었고, 나와 결혼하면 러시아인으로서 한국의 황제가 되는 것으로 알고 있었다. 그들은 온갖 협박과 신체적 정신적 괴로움을 가하며 기어코 나와 결혼하려고 하였고, 나는 수년 동안 그들 때문에 많이 괴로웠었다. 물론 홍콩에서 친부 친모와 같이 사는 것보다는 낫다고 느껴졌고, 그들이 나를 괴롭히는 방식을 겪음으로써 어떻게 러시아인들이 1940년대부터 북한 사람들을 정신적으로 괴롭히고 세뇌시켜 왔는지 알 수 있었다는 면에서는 차라리 크게 잘 된 일이었다.

그들이 나와 결혼시키려고 했던 첫 번째 러시아인은 영어 이름이 피터였다. 러시아군의 한 고위 장교의 조카였고, 내가 18세 성인이 되자 러시아군은 그를 한국에 파견해 이태원에 집을 얻어주었다. 피터는 당시 이태원에 살던 제인과 친해지게 되어, 제인으로 하여금 나를 한 이태원의 식당으로 나오게 하였다. 내가 그를 봤을 때 나는 그가 아주 못생겼다고 생각했고, 눈빛이나 언행이 심한 ADHD(주의력 결핍 과잉 행동 장애) 환자인 것을 알 수 있었다. 머리카락이 병신같이 노랬고, 키만 멀대같이 크고 야위어서 서구 사람들 미의 기준으로 아주 못생긴 체격이었다. 나에게 집중하는 파란 눈동자에는 무지와 광기가 어려있었으며, 사고방식이 상스럽고 세련됨이라고는 찾아볼 수 없었다. 자기는 체코계 미국 사업가이자 시인이자 영어 선생님이며, 내가 다니던 유명 대학교에서 한국문학 석사를 받았다고 한다. 그리고 갑자기 나보고 존경심을 보이라고 한다.

내가 거절하며 그를 피하자, 피터는 제인더러 나한테 이렇게 말하라고 시킨다. "너는 피터한테 왜 그렇게 무례해?" 나는 제인의 진면목을 모르고, 여자 친구와의 우정과 의리를 위해서 피터에게 친절하게 대해주었다. 그러자 피터는 나에게 성관계를 요구한다. 내가 거부하자 피터는 악을 쓰기 시작한다. '아이쿠, 크게 잘못 걸렸다.' 피터는 집중력 장애가 있어서 그의 정신이 다른 곳에 집중되는 바람에 나를 보지 못하는 동안, 나는 무사히 그 자리를 빠져나와 기숙사로 돌아올 수 있었다.

내가 그때 살던 기숙사에는 영국 핏줄의 호주 여자 학생이 있었다. 맨디(가명)라고, 한국에 유학 왔었는데, 나도 이민자가 많은 서구 나라에 살다 와서 가치관이나 취향 등 나와 여러 가지 비슷한 점이 많았고 우리는 친한 친구가 될 수 있었다. 맨디는 1학년 1학기 끝내고 여름 학기에는 이태원에 있는 어떤 하숙집으로 들어갔다. 그 하숙집은 원래 방이 3개에 거실은 입주자들이 공동으로 쓰는 가정집이었는데, 맨디가 쓰던 방 말고 다른 두 방은 용산의 미군 부대에 근무하던, 나와 나이가 비슷한 미군 남자애들이 빌려 쓰고 있었다. 내가 맨디네 월세방에 놀러 가서 거실의 소파에 앉아 있는데, 거기 살던 미군 남자애들과 그들의 친구들을 만나 우정을 쌓을 수가 있었다.

2006년 당시 미국 본토의 국방부는, 1930년대생이신 6.25 참전용사 할아버지들이 퇴직을 했어도 여러 가지 정책에 관여하고 있었다. 그분들은 한국에 대한 각별한 애정으로 인해, 미군 남자애들 중에서 일부러 고등학교 졸업시험(SAT) 성적이 높은 아이들만 뽑아서 한국에 보내 주고 있었다. 나도 미국에서 상위 1%로 졸업한 데다가, 그들은 나처럼 국제정치학, 경제학, 심리학 등에 관심이 많아서 우리들은 정말 좋은 친구가 될 수 있었다. 게다가 다들 대담해서 미국의 보통 남자애들처럼 나를 무서워하지도 않았다. 한참 즐겁게 이야기하다 보니 나에게 호감을 갖고, "우리를 너의 게이 친구라고 생각해라" 이런 농담을 한다. 자기들은 이상형이 눈 작고 얼굴이 크며(서양 사람들은 미의 기준이 다르다) 한국어 억양을 구사하는 진짜 한국 여자이기 때문에, 내가 이성으로 안 보인다고 하며 나를 안심시켰다. 나는 시진이가 말한 것처럼 한국 사회에서 쫓겨났다고 생각하고 있었기 때문에, 나를 친자

매처럼 여겨주는 미군 남자애들이 너무 고마웠다. 그들은 나보고 미국과 중국에 오래 살다 왔으니 한국에 적응하기가 힘들 거라며, 자기들 한국 음식 맛집 탐방하러 다니는 데 끼워 주었고, 매일매일 그들과 많은 이야기를 나눌 수 있었다.

2006년 대학교 1학년 여름 학기 때, 나는 아예 짐을 싸서 맨디네 하숙집에 들어와 맨디와 미군 남자애들과 즐겁고 자유로운 날들을 보내고 있었다. 어느 날 이 집에 애서(가명)라는 미군 남자애가 왔다. 평택 미군기지에서 근무하고 있었으며, 특기가 해동검도라고 한다. 중간 키와 체격에 내가 좋아하는, 서양 사람들에게는 드문, 검은 머리카락과 검은 눈동자를 가지고 있었고, 나는 똑똑한 남자를 좋아했는데 애서도 너무나 똑똑하고 나를 웃기기 위해 온갖 재미난 말을 해줘서 꽤 매력이 있었다. 제인을 포함한 기숙사의 친구들도 맨디의 하숙집에 왔다가 저녁때 다 같이 식사를 하러 나왔는데, 나와 애서는 나란히 걸으며 이런저런 이야기를 나누고 있었다. 그때 이태원의 한 골목에서 러시아인 피터가 튀어나온다. 나를 감시하고 있다가 검은 머리의 남자랑 같이 있는 것을 보고 떼어놓기 위해 나타난 것이다. 나는 그 남자가 너무나 무섭고 싫었지만, 내가 오래 살다 온 나라인 미국의 점잖은 교민인 줄 알고, 또 우리 대학 선배인 줄 알고 무서운 마음을 참고, '아마 나와 심각한 연애 관계를 원하나' 좋게만 봐 줬다. 그리고 제인이 말한 대로 그냥 예의상 친절하게 대해 줬다.

피터는 그렇게 갑자기 나타나 "왜 연락을 안 했냐"는 둥 우리 둘 사이가 무슨 연인 관계인 것처럼 행동한다. 나는 애셔가 이성으로서 매력적이라고 생각해서 둘이 어떻게 잘 되기를 바라고 있었는데, 그렇게 피터가 나타나서 훼방을 놓았다. 애셔는 눈치 빠르게 내 눈에 공포가 어려 있는 것을 보고 내 어깨를 자기 팔로 감싸며 나를 피터에게서부터 떼어 놓는다. 그리고 나를 하숙집으로 다시 데리고 왔다. 조금 있다가 맨디와 여자애들이 도착했고, 걔네들이 새벽까지 칵테일바와 클럽에 가서 춤추러 갈 건데 같이 가자고 한다. 나는 쉬고 싶다고 해서 여자애들은 놀러 나갔고, 다른 미군 남자애들도 어디론가 외출을 했다.

내가 소파에 앉아 있었는데, 애셔가 내가 많이 놀랐다는 것을 알아본다. 나보고 아까 그 남자가 어떤 사람이냐고 물어본다. "같이 한번 식사를 한 제인 친구야. 왠지 그 사람에게서 벗어나지 못할 것 같아. 아까 일어난 일을 보면. 사귀어야지 어쩌겠어." 애셔는 한숨 자고 일어나면 괜찮을 거라고 하며 미군 남자애 방에서 이불을 가지고 나온다. 나를 소파에 누우라고 하고 이불을 덮어준 후, 자기는 소파 옆에 걸터앉아 선잠을 잔다. 애셔가 밤새 지켜 주는 동안 나는 한숨 푹 잤다.

아침에 일어나자, 맨디와 나의 기숙사 친구들, 그리고 미군 남자애들이 다들 새벽 늦게 도착해 거실과 방 3개의 침대와 바닥에 널브러져 자고 있었다. 애셔는 일어났냐고 나에게 물어보며 오렌지 주스와 머핀, 베이컨 데운 것을 갖다준다. 그렇게 나를 안 무서워하고, 나의 감정을 배려해 주는 남자는 처음이었다. 하지만 나는 그날 이후, 자꾸 수시로 나타나 계속 나를 숨도 못 쉬게 괴롭히는 피터에 정신을 팔려 애셔에 대해서 잊어버렸다. 애서는 평택으로 돌아갔고, 1년 뒤 이라크로 파병되었다. 몇 년 뒤 인터넷으로 연락이 되어서 오랜만에 이런저런 이야기를 나눴는데, 그때 애서는 나를 이성으로 좋아했고 결혼 신청을 할까도 생각했다고 한다. 아이고 손 한 번 안 잡아 봤는데. 아마 다행일지도 모른다. 애서와 결혼했으면, 러시아인들이 애서를 살해했을 것이다.

피터는 매일 내가 하숙집에서 나오면, 가는 길 길목에서 나를 기다리고 있다가 내가 가까이 오면 살기 어린 목소리로 "나를 스토킹하지 마라" 소리를 질렀다. 그래서 나는 이태원에 사는 동안 내가 피터를 스토킹한다고 생각했다. 자기가 이 나라의 황제임을 내 머릿속에 각인시키는 것이다. 러시아군이 북한인들을 세뇌시킬 때 쓰는 것과 똑같은 수법이었다. 한 10년 전, 미국 백악관에 러시아군이 젊고 풍만한 몸매의 르윈스키라는 요원을 보낸 후 전국 방송에 그녀를 내보내 미국 국민들에게 같은 방법으로 세뇌를 시킨 적이 있었다. 유능한 영부인인 힐러리 클린턴은 야위고 못생긴 여자며, 빌 클린턴 대통령은 신용하지 못할 게으른 바람둥이라고 미국 시민들이 생각하게 만든 것이다. 그 당시 미국은 사람들이 르윈스키의 말을 믿고 고위 판사들과 정부 관료들이 클린턴 대통령을 탄핵시킨다며 난리도 아니었다. 르윈스키가 방송에서 자기가 미국의 여왕인 것처럼 이야기하면, 전국의 조강지처들이 자기도 똑같이 영부인 힐러리 클린턴이 당하는 것처럼 자신들도 당하는 것 같아서 많이 울기도 하면서 국민 정서에 큰 상처를 입혔다. 그런 식으로 할아버지의 후계자였던 내가 심리전에 당한 것이었다.

나의 하나뿐인 교포 친구인 것처럼 행동하던 제인은 피터의 지시로 나의 일거수일투족을 감시하며 보고했다. 어느 날 나는 이태원의 한 커피 전문점에 가서 앉아 있었는데, 나이가 50대 되는 깔끔하고 절제된 행동을 보이는 미국 남자가 바로 옆에서 커피를 마시다가 나에게 다가와서 말을 건다. 자기는 성씨가 S로 시작하는 용산 미군 부대의 소령이라고 한다. 어떤 러시아 남자가 자기가 체코계 미국 교민인데 주한미군 장교들을 골고루 따라다니며 아가씨가 자기를 스토킹한다며 소문을 퍼뜨리고 다닌다는 것이다. 나는 그 말을 듣고, 피터의 "저 여자애는 내 꺼다. 내가 이 나라 황제가 될 거다" 이러는 의도가 느껴져 무서웠다.

"혹시 저 남자가 너한테 성관계를 요구했는지?" 걱정스러운 말투로 물어 온다. 어떻게 알았지. 저런 류의 범죄자의 흔한 특성이라고 한다. 그런데 이 러시아 남자 언행이 주한미군이 한반도를 떠나도록 공작하는 것 같아서, 보통 일이 아니니, 자기가 저자를 지켜보고 수사할 것이라고 한다. 그는 미국 신사들이 그렇듯이 친절하게, 공포에 부들부들 떨고 있는 나에게 따뜻한 차를 주문해서 갖다준다. 사실 몇 달이 지났어도, 그가 그 식당에서 나에게 무섭게 성관계를 요구해 오고 거절하자 악을 쓸 때의 순간의 공포가 머릿속에 남아 있었다. 그렇게 S소령과 여러 이야기를 나누게 되었다. 미국 일리노이 주에서 국제정치학 박사 학위를 받았고, 인도 등에서 근무하다가, 내가 살았던 홍콩 근처의 중국 항구도시에 첩보 여행을 몇 년 갔다 왔다고 한다. '어? 나와 똑같네!' 덥고 더러운 데서 고생하다 온 동지 같아서 반가웠다.

S소령은 나이가 달라도 내게 좋은 친구가 되어주었다. 고위 미군 장교들이 식사할 때나 모임할 때 데리고 가 소개시켜 줘서, 나는 주한미군 장교들과 많은 교류를 할 수 있었고, 그들에 대해서 많은 것을 알게 되었다. 어느 날, S소령이 초대해 준 한 모임에서 한 장교가 나에게 이런 말을 한다. "혹시 고위 정치인의 따님 아니십니까?" 그래서 내가 "아, 딸은 아니고, 할아버지가 나를 입양해 주셨는데, 할아버지가 고위 정치인이자 외교관이다. 어떻게 알았냐" 이랬다. 그 장교 말로는, 아버지의 사랑을 많이 받은 여성들은 아버지의 사고방식이나 습관을 똑같이 가지게 되는데, 나는 신분이 높은 사람인 게 눈빛과 언행에 나타나며, 군인들 앞에서 위축되지 않고 부하 대하듯이 자상하다는 것이다. 그래서 아버지가 신분이 높은 사람인 것이라 짐작했다고 한다. 아이고 나는 한국 사회에서 두 번이나 쫓겨난 데다가 하늘같이 높은 대학 선배를 스토킹이나 하는 보잘것없는 사람인데, 그런 말을 해 줘서 고마웠다. 그 이후로 내가 대한제국 절대군주의 정치적 상속녀로 전 세계로 유명해지기도 전에 많은 미군 장교들이 나에게 그런 말을 해 주며 호의를 보여 주었다. 한번은 내가 걱정되어서 미군 여군 요원을 붙여 내가 할아버지 댁으로 귀가하는 것도 돌보아 주기도 하였다.

2006년 여름 방학이 끝나갈 때쯤, 어느 날 저녁 맨디의 하숙집의 미군 남자애들은 거실에서 파티를 열고 많은 사람들을 초대했다. 그중 브랜든(가명)이라는 미군 남자애도 초대되어서, 음악을 틀어 놓은 거실에서 다른 사람들과 즐겁게 이야기를 나누고 있었다. 브랜든은, 지금의 나의 남편만큼은 아니지만, 키가 크고 건장한 체격을 갖고 있었다. 노랑머리에 그렇게 잘생긴 것은 아니었지만, 똑똑하고 자신감이 넘치며, 애서처럼 나에 대한 배려가 많아, 나는 그와 이야기를 나누게 되면서 나는 그에게 매력을 느꼈다. 38선 최전방에 그렇게 덩치 크고 분석력이 뛰어난 남자애들을 보낸다고 한다. 브랜든은 나보고 이렇게 아름다운 여자분은 처음 보았다며, 대담하게 이야기한다. 나는 그런 그의 대우를 즐기며, 우리는 조용히 둘이만 이야기하기 위해 미군 남자애 방에 들어가 침대에 걸터앉아 이런저런 이야기를 나누었다.

그때 내 친구인 줄 알았던 제인이 피터에게 전화한다. 쟤 어떤 미군 남자애랑 침실에 들어갔는데 눈빛이 심상치 않다고. 잠시 후 피터가 하숙집에 찾아와 방에 들어와 내 머리카락을 쥐어 채고 "이 씨발년아" 하면서 나를 침실에서 거실로 사람들 많은 곳으로 끌어낸다. 사람들은 어안이 벙벙해 그 모습을 바라보고 있었고, 나는 그때 그 순간이 그렇게 수치스러울 수 없었다. 브랜든은 무술로 피터의 팔을 꺾어 제압해서 집 밖으로 쫓아내고, 나를 급히 길가로 데리고 나와 택시를 잡는다. "아버지 집이 어디냐" 묻는다. 나는 대답을 하지 못했다. "아버지 집이 어디냐고!!!" 나름대로 나를 보호해 주기 위해 묻는 것이다. 나는 간신히, 아버지 집은 됐고, 학교 기숙사로 돌아가겠다고 말했다. 끝까지 배려해 준다. 그런데 그날 전화번호를 주고받지 못한 데다가, 어떻게든 다시 만나지 못했다. 미군 남자애들 말로는 너 무서워서 사귀자고 못 연락하는 거란다.

　그 뒤로 맨디에게 부탁해서 그녀의 하숙집에 갖다 놓은 나의 옷과 가방을 기숙사로 다시 가져다달라고 하고, 학교 캠퍼스를 벗어나면 이태원을 피해 다녔다. 그래도 마찬가지였다. 서울 어디에 가든, 피터는 내가 가는 길에 기다리고 있다가 내가 다가오면 "나를 스토킹 하지 마, 이 스토커 년아!" 이런다. 그게 숨 쉴 새 틈 없이 반복되면, 나에게는 그 자식이 이 나라의 위대한 황제고 나는 그의 스토커라는 인식이 머릿속에 깊이 새겨지게 된다. 결국 2006년 가을 학기, 나는 이태원으로 기어 들어가게 되었다. 그리고 피난처를 찾기 위해 이태원의 가톨릭 성당에 들어가 성모 마리아상 앞에 앉아 한없이 하늘을 쳐다보았다.

　딱 2년 전, 내가 중국에서 고등학교를 다닐 때, 교민 남자애인 진우와 효신 언니가 교민들 사이에 커플로 인정되어, 내가 많이 질투하고 괴로웠던 일이 마음속에 깊이 새겨져 있었다. 그런데 피터가 나에 대해 질투하니, 내가 피터에 대해서 큰 연민이 생기며 불쌍한 마음이 들었다. 나의 친부 친모가 내가 죽기를 바란 것처럼 느껴져서 나도 자살하려고 한 것처럼, 마음이 약한 나는, '그래, 내가 피터를 좋아하도록 노력해 보자. 다른 남자 만나지 말고 깊은 연애 관계를 가져 주도록 하자' 이렇게 결심했다. 고등학교 때 나였으면 어떻게 진우가 해야 내가 질투심을 풀고 사귀어 줬을까? 그렇게 나름 피터의 입장에 생각해 봤다. 나는 피터의 화를 풀어 주기 위해, 성모 마리아의 마음으로, 그가 바라듯이 그를 좋아한다는 편지를 썼다. 그리고 꽃집에 가서 꽃다발도 사고, 이벤트 회사에 연락해 자상한 한국 남자들이 쓰는 조그만 전구가 화려하게 여러 개 달린 이벤트 조명을 빌려와, 이태원 골목에 있는 피터의 초라한 월셋집에 설치해 놓고 그가 돌아오면 감동해서 나를 용서해 줄 수 있도록 기다렸다.

한밤중 피터가 도착하자, 그는 얼굴에 독기를 뿜으며 온갖 욕설을 내뱉는다. "이 미친 년아, 씨발년아" 이러면서 나의 머리를 구타한다. "후진국 년 주제에 감히 어딜 기어 들어와!" 이런다. 나는 그가 미국 교민이라는 말을 믿고 있었는데, 미국인이 그런 말 하는 것을 처음 보았다. 순한 미국 남자인 줄 알았는데, 우리 대학에서 석사 학위를 받은 선배인 줄 알았는데, 고등학교만 간신히 졸업한 범죄성 싸이코였던 것이다. 나는 그 자리에서 몇 대 맞고, 그가 집중 장애로 다시 정신이 팔린 틈을 타, 그 골목에서 빠져나와 기숙사로 돌아왔다.

무서운 마음을 추스르고 있는데, 켜놓고 나간 노트북 컴퓨터상에 미국의 싸이월드 같은 사회 소통망 웹사이트인 마이스페이스(Myspace)에서 메시지가 뜬다. 미군 남자애들의 친구의 친구라서 연결된 조쉬(가명)이라는 남자애였다. 몇 달 동안 서로 온라인으로 교류해 온 남자애였는데, 애도 맨디네 하숙집 파티에서 만난 브랜든처럼 38선 최전방에서 일하는 덩치 크고 분석력 빠른 미군 특전사였다.


조쉬: 아까 38선 사무실에서 브랜든이 너의 마이스페이스 페이지를 열어 놓고 나를 포함한 미군과 남한군 요원들에게 상의하더라, 너한테

전화할지. 하하하. 병신.

나는 그때도 공포에 떨고 있다가 조쉬의 프로필 사진을 보았다. 그렇게 못생긴 것도 아니고, 내가 좋아하는 무술로 다져진 체격이었으며, 머리 색깔도 피터처럼 병신 같은 샛노랑이 아니라, 옛날 독일에서 미국으로 이민 간 독일 민족의 후손으로, 흑갈색 머리카락을 가지고 있었다. 나는 그와 온라인으로 몇 달 동안 이야기해 와서 똑똑하다는 것을 알고 있었고, 그 애도 내가 예쁘다는 말을 자주 해 왔다. 피터와 달리 그는 나를 무슨 공주님 취급을 해 줬다. 나는 더 이상 누군가의 스토커가 되기가 싫었고, 할아버지의 손녀로서 후진국 년이 되는 게 싫었다.

나: 너, 나랑 결혼할래?

조쉬는 잠시 말이 없더니, 안 그래도 나한테 사귀자고 프러포즈할 생각이었다고 한다. 자기는 최전방 특전사라서 집에서 보내 주는 돈 외에도 월급으로 한 달에 3,000 미국 달러를 받으니(그 당시 환율로는 한 350만 원 정도) 그 돈으로 서울 시내에 월셋집을 구해서 동거를 하자고 한다. 너 대학 졸업할 때까지 학비는 아버지에게 받아야 하니, 같이 살면서 대학 졸업하고, 너의 아버지에게 허락받아서 정식으로 식을 올리고 혼인 신고를 하자고 한다. 나는 속으로 '아버지는 무슨.' 이랬지만, 나는 자포자기한 마음으로 거기에는 대답을 안 하고 조쉬에게 너의 뜻대로 하자고 대답했다. 조쉬가 좋아하며, 몇 주 후 휴가니 서울로 내려가 너의 기숙사에 가서 짐 싸는 것을 도와주겠다고 한다.

그렇게 나는 다시 일상으로 돌아갔다. 어느 날 나는 오후 강의가 끝나고, 나는 서울의 다른 곳에도 갈 수가 없어 이태원에 S소령과 자주 만난 커피 전문점에 들어갔는데, S소령이 나를 반갑게 맞아 준다. 서울의 민간인 지역보다 미군 장교들이 자주 가는 이태원이 더 안전한 것이다. S소령이 자기 저녁 교대 시간이라고 사무실로 돌아간다고 하고 커피집을 떠났다. 그때 냉혹해 보이기 그지없는 러시아 남자가 나에게 접근한다.

그 남자는 나에게 "S소령이 빌 클린턴 전 미국 대통령 같은 신용하지 못할 바람둥이다"라고 내게 말하며, "그와 교류하지 말라"고 한다. 나는 "당신이 누군지 모르겠지만, S소령은 나의 소중한 친구다, 그런 말 하지 마라" 그랬다. 그 남자는 남한에서 미국인 행세를 하기 위해 갈색 머리의 가발을 쓰고 있었는데, 그 밑에 러시아인 특유의 노랑머리가 보였다. 러시아도 남북한처럼 영어 교육이 잘 되어 있어 미국식 영어를 구사하고 있었지만, 눈빛과 언행에 러시아군 고위 장교임을 나는 알 수 있었다. 그들은 피터를 나와 결혼시켜 피터를 남북한의 황제로 세울 계획이었다는 것은 내게 내비친다. 그들은 내가 태어나기 전부터 오랫동안 남한 시민들을 선동해서 힘으로는 못 이기는 주한미군을 몰아내려고 하고 있었다고 한다. 1990년대에 러시아군은 남한 여

중생 두 명을 잔혹하게 죽인 다음, 미군 탱크가 지나가는 길에 시체를 깔아 놓아 미군 요원들이 두 청소년을 죽인 것처럼 보이게 했다. 그리고 수년간 남한 경찰과 언론에 미군 요원들이 남한 부녀자를 강간했다는 소문을 퍼뜨리고 있었다. 미군 남자애들을 보면, 본국에서 똑똑한 친구들을 보내 주기 때문에 다들 자존심이 세서, 여성이 교제를 거부하면 강간하는 게 아니라 바람을 피우거나 다시는 말을 안 붙인다. 말도 안 되는 소리라고 나는 장담할 수 있었다.

그가 이야기하는 바로는, 남시베리아에 한국 민족과 유전적으로 거의 비슷한 민족들이 많다고 한다. 영어 위키피디아에 "Altai People"이랑 "Uralic People"이라고 검색하면 그 민족들의 여러 명칭과 사진이 뜬다. 우랄-알타이어족의 사람들인데, 인류학자들은 언어적으로만 한민족과 선조들을 같이 한다는 말만 인터넷에 쓰지만, 얼굴 골격 등 생김새와 샤먼 문화 등, 오히려 태평양 도서 지역의 문화와 인종적 특성이 섞여 있는 일본인들보다, 그들이 한국인들과 더 비슷하다. 유튜브에는 그들은 옛날 미국과 러시아가 대치하던 냉전 시대(1947-1991)에 이미 노예국이 되어 적은 배급량을 받아 가며 가혹한 노동을 러시아 군부를 위해 해서 모든 것을 갖다 바쳐야 했다고 나온다. 이 러시아 고위 장교 말로는, 당시 러시아 군은 냉전 끝나고 민주화된 것처럼 공식적으로 행동해 왔지만, 사실은 남북한도 그렇게 러시아에 합병시키는 게 그들의 목적이라고 한다. 한민족은 또 사람들이 유전적으로 머리가 좋고 성실해서, 노예국으로 삼으면 러시아군을 위해 큰 이익이 될 거라고 한다.

그 러시아 장교 말로는, 북한은 이미 오래전부터 세뇌시켜 와서, 이제 남한의 민주주의를 악용해 남한 시민들로 하여금 주한미군을 몰아내고, 너만 러시아인과 결혼시켜 그 러시아인을 황제로 삼으면, 그들의 오랜 소원이 이뤄질 것이라고 한다. 그가 하는 말이 피터가 심한 집중 장애를 갖고 있었지만, 가끔씩 정신이 온전한 상태로 돌아와, 내가 아무리 편지를 쓰고 꽃을 사주고 이벤트를 해 줘도 내가 그를 좋아하지 않는 것을 알고, 한국을 러시아로 합병시키는 프로젝트를 주도하는 그 러시아 장교한테 내가 계속 미군 남자와 연애한다고 호소했다고 한다. 내가 그중 하나와 결혼하면 미국인이 한국의 황제가 되어, 미국은 러시아의 적국이므로, 러시아의 계획이 수포로 돌아간다고 나한테 설명한다.

그 순간 나는 이런 생각을 했다. 중국에 그 항구도시에는 중국과 적국인 프랑스인들이 대규모로 머물고 있는데, 그곳 프랑스인들은 국제법상 중국법으로부터 면책특권이 있는 프랑스 외교관들이 책임지고 보호하고 있어서, 중국인들이 프랑스인들을 쫓아내지 못한다. 남한에 주둔하는 미군 사람들은, 한국인들과 도덕과 윤리의 기준이 똑같고, 한국을 부국이라고 존중해준다. 그들은 중국인들이나 러시아인들처럼 한국에 대해 거만하지가 않고 겸손하며, 어딜 가든 한국식 예의를 배워 실천하여, 미군 부대 근처에 사는 남한 시민들은 미군 사람들을 좋게 여긴다. 미군이 수적으로는 더 적어도 개인 요원을 훈련시키는 수준은 중국군이나 러시아군보다 높고, 무기도 수준이 높다. 그렇기 때문에 남북한 시민들에게는 중국군이나 러시아군에게 점령을 당하는 것보다 그들을 견제할 미군을 주둔시키는 게 훨씬 더 안전하다.

만약 내게, 중국의 프랑스 외교관들처럼, 외교 면책특권이 있다면, 주한미군의 법적 지위를 국제법상 한반도에 영구적으로 고정시키면서, 그들이 한반도에서 하는 모든 행위를 내가 책임을 진다면, 남북한 사람들이 주한미군을 한 나라 사람으로 보고, 러시아인들이 남한의 민주주의를 악용해 미군을 몰아낼 수도 없고, 북한 사람들도 주한미군을 용서할 수가 있어 공존이 가능해질 것이다. 러시아인들은 내가 죽으면 러시아인 황제를 세울 수가 없어, 이들이 죽이지 못하는 한국인은 나 하나뿐이다. 내 자신을, 그들이 일으키는 모든 전쟁을 위한 에너지를 흡수하는 물리학적 절연체(insulator)가 되어 바치면, 남북한 시민들이 다시는 전쟁에 휩싸이는 일이 없을 것이다.

나는 이런 계산을 하게 되었다. 그래서 3년 후인 2009년, 나의 대학 교수님들이 특별히 교수님 한 분을 붙여 주셔서 박사 학위 논문을 쓰게 하였을 때, 나는 남북한을 포함하는 지리적 영역성(territoriality)과 외교 면책특권(diplomatic immunity)을 결합한 입헌군주제(constitutional monarchy)에 대한 논문을 쓰게 되었다. 그리고 또 6년 후, 남한 외교관들과 연결이 되어 그들이 국제법상 대한제국을 입헌군주제로 등록하게 되었다. 막상 나의 구상이 현실화되려고 하니, 내게는 너무나 큰 영광으로 느껴져, 나는 할아버지처럼 덕과 학식이 높은 신사분을 황제로 추대하고 나는 고문으로만 일하고자 하고 물러나려고 했었다. 하지만 남북한 관료들과 주한미군, 서구 외교관들과 정부 관료들의 추대로, 직접 그 자리에 앉을 수 있었다.

그 러시아 장교와 이야기한 지 한 달 정도 지났을까? 38선에서 근무하는 조쉬가 즐겁게 서울에 같이 살 집을 구하면서 나와 연락하는 동안, 나는 그래도 서울에 다른 곳에 갈 수가 없어, 이태원의 커피 전문점에 가서 노트북 컴퓨터로 학교 과제를 하고 있었다. 그날도 S소령이 다른 미군 장교들과 거기에서 커피를 마시며 쉬는 시간을 보내고 있었다. 그때 갑자기 피터가 커피집에 들어와 다른 미군 장교들 들으라고 크게 소리 지른다. "야 이 스토커 년아, 나 너 안 좋아하니까 연애편지 그만 보내!" 꼭 개가 미군 장교들 보라고 나를 자기 영토라며 오줌을 갈겨놓는 모습이다. 그리고 다시 커피집을 나가는데, 미군 장교들이 벌떡 일어나며 "저런 미친놈 다 있어. 잡아야 하는 것 아니야? 남한 법 위반 안 하고 어떻게 하지?" 이렇게 수군거린다. S소령이 나에게 눈을 마주치며 진지하게 이야기한다.

"잘 들어. 너는 백인 남자들 눈에 아주 예쁘고, 어렸을 때부터 배우를 해 와서 연기를 잘 하잖아. 지금 너는 저자를 따라가서, 그들이 무슨 일을 꾸미는지 관찰하고 오는 거야. 알겠지?" 졸지에 미 국방부 미인계 전략에 고용이 된다. 나는 알았다고 하고, 편지도 해봤고 꽃도 해봤으니 이제 또 뭘 해줘야 하나 생각하다가, 기숙사에 가서 조쉬와 월셋집에 동거하기 위해 준비해 놓은 여행용 가방에 짐을 싸서 다시 피터의 집으로 갔다. 그리고 피터에게 너와 동거하러 왔다고 웃으며 애교를 떨었다. 피터는 자기 집에서 휙 나가더니, 잠시 후 어디서 한국인 경찰관을 데리고 온다. 경찰관은 나보고 피터를 스토킹한 혐의로 나를 체포하겠다고 하고 경찰차에 태운다.

나는 그때 러시아군이 남한 경찰관을 돈 주고 매수한 줄 알았다. 지금 생각하니, 우리나라 경찰이 돈에 매수될 리는 없고, 러시아군이 지배하는 남시베리아의, 한민족과 똑같이 생기고 언어가 비슷한 우랄 계열 민족이나 알타이 계열 민족 중 한 사람을 데리고 와, 한국말을 가르치고, 어디서 남한 경찰관 제복과 경찰차를 훔쳐 왔던 것이라는 생각이 든다. 아마 가수 윤도현도 고려인이 아니라 한민족과 유전적으로 가까운 그런 민족의 스파이였을 것이다. 그런 사람들에게는 한국어 배우기가 정말 쉽고 마스터하기까지 얼마 안 걸린다.

이태원 지구대에 도착하니, 제인이 피터를 맞이한다. 나는 친구인 줄 알았던 제인을 어이가 없다는 눈으로 쳐다보았다. 제인은 시침을 떼며 고개를 돌린다. 우리는 모두 파출소로 들어갔고, 피터는 범죄 증거 다루는 것처럼 지퍼백에다가 내가 보낸 편지를 담아, 나보고 보라면서 가짜 경찰관에게 제출한다. 가짜 경찰관은 옛날 미국 사람들이 빌 클린턴을 바람둥이로 몰고 간 르윈스키한테 한 말을 나에게 그대로 한다. 가서 공부나 하라고. 빌 클린턴은 남한의 김대중 대통령과 친했는데, 김대중의 통일 정책으로 인해 미국과 북한이 간접적으로 친분이 성사될 뻔했다. 그때 러시아군이 르윈스키를 보내 빌 클린턴을 신용하지 못할 인간으로 미국 정계에서 생매장시켜 버렸었다. 그게 약 10년 후 나한테 돌아왔는데, 평생 우등생으로 어렸을 때는 미국의 학부모들의 부러움을 받아오고, 대학교 때는 교수님들의 주목을 받아오며 살아왔던 나에게는 헤어나기가 오래 걸렸던 큰 충격이었다.

그리고 가짜 경찰관은 나에게 행정 명령을 내린다. 대한민국에서 나가라고. 나는 그렇게 내가 스토커라는 생각에다가 하나밖에 없는 국적도 잃어버리게 되었다. 미국 선생님들은 지식인들이라서 한국을 부자나라로 여겨 언제나 나에게 누누이 이야기해 왔다. "너 한국 국적 잘 가지고 있어라. 너에게 큰 도움이 될 것이다." 정말 복지 혜택 등 여러 가지가 미국 시민권보다, 남한 군 복무 의무가 없는 여성으로서 더 좋기는 하다. 그때 파출소에 다른 경찰관이 이야기한다. "(이 사람 우리 파출소 경찰관 아닌데, 이상하다) 아가씨, 이 남자 알아요?"

나는 그때 이렇게 말할 뻔했다. "저 사람 나를 강간하려고 했어요." 그런데 이런 생각이 든다. 그 당시 러시아군은 적극적으로 남한 언론에 미군이 부녀자를 강간했다는 뉴스를 지속적으로 내보내고 있었는데, 그 와중에 피터가 자기가 체코계 미국 교민이라고 내게 이야기하고 소문낸 마당에, 내가 그 말을 하면, 경찰관들이 남한 언론에 알려 남한 시민들의 반미 정서가 더 강해져, 우군인 주한미군을 더 몰아내려고 할 것이다. 그래서 꾹 참고 피터가 원하는 대로 이야기했다. "내가 저 사람한테 연애 감정을 갖고 좋아해서 스토킹했어요." 아, 이때 외교관 면책특권이 있으면 딱인데. 그러니 그 진짜 경찰관 할아버지가 나를 파출소 밖으로 밀어낸다. "(이거 아마 고도의 범죄단일 거예요) 빨리 나가세요."

'아, 이 나라에서 추방당했다. 나는 이제 국적이 없는 것이다.' 나의 심리적 충격은 더 커져서 머리가 멍해졌다. 그리고 여행 가방을 가지고 다시 기숙사로 돌아왔다. 며칠 후 조쉬가 38선 근무지에서 휴가를 나와 나의 기숙사로 왔다. 나는 그때 충격으로 그 여행 가방을 건드리지 않고 기숙사 방에 두었는데, 조쉬가 그걸 보고 말한다. "어? 벌써 짐 싸 놨네?"

조쉬는 서울 시내의 용산 부대에 있는 친구에게 부탁해서 미군 요원들이 공동으로 쓰는 승합차를 빌려왔다. 그리고 그가 월세로 구해놓은 원룸 집에 가게 되었다. 조쉬는 어디서 푹신한 침대를 사 와서 나보고 쓰라고 한다. 자기는 군인이라 푹신한 침대가 싫다고 한다. 그리고는 매일 바닥에서 자면서 나의 식사 등 여러 가지로 나를 돌보아 준다. 나중에 나는 가끔 남한 분들이 미국 사람들은 성관계가 더 자유롭지 않냐는 말씀을 하는 것을 들었는데, 그때그때 대답을 못 했다. 지금 2025년도 미국의 10대, 20대는 어떤지 모르지만, 30대인 우리 세대를 보면, 반은 혼전 성관계에 찬성하고 반은 혼전 순결을 지킨다. 대부분이 서유럽에서 온 이민자들의 후손인데, 문화적으로 독실한 신교도나 가톨릭 교도들이라서 그렇다.

오히려 남쪽에서 미국으로 이민 온 중남미 부족 계통의 남녀들은 우리가 중시하는 결혼이라는 사회적 제도가 없고 정신적 사랑이라는 개

넘이 없어서, 혼외 성관계가 빈번하다. 미국 사람들은 우리나라와 도덕 기준이 비슷해서 이것을 보고 부도덕적이다, 저질이다라고 한다. 그런데 그냥 인류학적으로 번식 문화가 다른 것이다. 우리도 남쪽으로 가면 열대 기후에 사는 여러 부족들 - 가부장적 이슬람교도가 아닌 민족들은 - 그와 똑같은 번식 문화가 있다. 그래서 필리핀 여성을 보면, 나름 친절하게 우리 기준으로 "숙녀분 아기의 아버지가 누구요?" 이러면 실례다. 우리와 같은 결혼 문화가 없기 때문이다. 러시아인들은, 우리나라 기준으로 보면 아주 야만적이라서, 여자들이 아이를 낳아도 남자들이 여자를 돌보아주지 않고 아이를 임신시켜도 아버지 노릇을 안 하는 게 관례다. 일종의 모계 사회인 것이다.

주한미군 사람들은 그렇게 한국과 도덕, 윤리 기준이 같은 미국의 보수적인 공무원이라서 여성인 나를 언제나 친구로서, 혹은 이성으로서 배려하고 돌보아주었다. 1950년대 이후로 우리나라에 와서 남한 여자분과 결혼한 미군 할아버지들을 보면, 다들 부인 되시는 분들을 깍듯하게 돌보아드린다. 그리고 이건 우리끼리 하는 말인데, 미국은 한국에 비해 유전적으로 똑똑한 남자들의 비율이 더 적은 편이라, 여성의 마음을 읽을 줄 모르고 배려할 줄 모르는 남자들이 많다. 그래서 서구 여성들이 남자랑 연애하면서 결혼하면서 마음고생 많이 하는 게 사회적 트렌드다. 하지만 주한미군 사람들은 6.25 참전용사 할아버지들이 일부러 똑똑한 친구들을 뽑아서 보내 주기 때문에 그런 게 없다.

나는 조쉬와 두 달 안 되게 그 집에서 살면서 겨울방학을 보냈다. 나는 원래 좀 말이 없는 편인데, 그때 우리나라에서 쫓겨난 것에 대한 충격과 피터를 스토킹했다는 세뇌로 인해, 겨울 학기 강의를 위한 과제를 하거나 기본적인 생활 속 대화를 할 때가 아니면 아무 말 없이 멍하니 창밖을 쳐다보았다. 조쉬는, 그동안 마이스페이스 사회 소통망 웹사이트로 많은 대화를 나누기는 했으나, 나에 대해 물어보고 싶은 게 많은 눈치를 보였다. 그러다가 항상 '에이, 나중에 물어봐야지. 쯧.' 하며 한숨을 쉰다.

조쉬는 그렇게 서울 월셋집에 일주일 있다가 2주 정도 38선으로 돌아가 근무하고 돌아오고를 반복했다. 겨울방학이 거의 다 끝나가고, 조쉬가 38선으로 돌아가 있을 때, 어느 날이었다. 나는 혼자 그 집에 있는데, 누군가 초인종도 안 누르고 대문을 발과 주먹으로 쿵쿵쿵 두드린다. 불안한 예감에 한참 후 문을 살짝 열어봤는데, 아니나 다를까 피터였다. 나를 찾은 것이다. 척추 뒤의 신경이 곤두선다. 나는 문을 닫고 생각했다. '아, 들켰다. 저 인간 우리 대학 선배인 데다가, 주한미군 전체와 대한민국 경찰에 내가 저자 스토킹한 것으로 공식적으로 알려져, 내가 벗어날 수가 없다. 우선 숙이고 들어가자. 그런 다음 경찰 명령대로 어떻게든 이 나라를 떠나자.' 이렇게 생각하고, 나는 다시 짐을 싸서, 조쉬에게 미안하다고, 헤어지자고 하는 편지를 써서 남기고 집을 나왔다. 조쉬는 이성으로서 정말 괜찮았다. 무술을 하고 체격이 커서 내가 좋아하는 스타일이었으며, 똑똑하고 배려가 많아 나를 편하게 해 줬다. 나는 행복하게 마음 편히 결혼해서 살 수 있는 길을 버리고, 더 힘든 길을 택하기로 했다. 그리고 나도 고등학교 때 진우 때문에 질투로 인해 마음이 얼마나 괴로울 수 있을지 알기 때문에, 질투를 하는 피터를 보고 옛날의 내 자신이 생각나서, 대담하고 다른 여성에게서도 사랑받을 수 있는 조쉬보다 피터에게 잘 해 주는 게 도덕적으로 옳은 길이라고 생각했다.

기숙사에 돌아왔는데, 저녁 근무가 끝난 조쉬에게서 전화가 온다. 어디냐고 묻자, 내가 짐 싸서 기숙사로 돌아왔다고 했다. 조쉬는 내가 헤어지자고 하는 것을 깨닫고 크게 화를 낸다. 피터처럼 성관계를 안 한다고 화를 내는 게 아니라 결혼을 안 한다고 화내는 것이었다. 그렇게 생각해 주는 조쉬가 기특하고 고마웠다. 한 시간 가까이 그는 화를 내다가 설득하다가 애원하다가 했다. "문제가 뭐야? 내가 다 고칠게." 나는 속으로 생각했다. '이건 18살짜리 일병이 고칠 수 있는 문제가 아니야.'

그리고 마지막에 가서는 조쉬가 빈말로 협박한다. "너 나랑 헤어지면 나는 다른 여자랑 결혼할 거야!" 나는 그 순간, 러시아인처럼 냉혹한 마음이 되었다. 나중에 다른 사람들도 나처럼 이렇게 하는 것을 보는데, 누군가가 나를 비판해서 내가 그걸 받아들이면, 일종의 자격지심이 생기고, 나를 비판한 사람을 따라 하게 된다. 비판한 사람이 우월하게 느껴져, 그자와 같은 사회적 지위로 되돌아가기 위한 심리적 욕구가 생기는 것이다. 내가 냉정하게 "그렇게 하시던가." 이렇게 대답하자, 전화기 저쪽에서 조쉬가 주먹으로 사물함을 꽝 내리치는 소리가 들린다. 그리고 전화가 끊긴다. 우리는 그렇게 헤어졌다. 나중에 조쉬의 마이스페이스 웹사이트를 보니, 그는 1년을 더 38선에서 근무하다가 미국의 고향으로 돌아갔고, 그 후에 아프가니스탄으로 파병되었다고 한다.

곧 2007년 3월, 봄 학기가 시작되었다. 나는 피터의 미친 짓이 더 커지는 것을 방지하기 위해, 자존심이고 공포심이고 다 억누르고, 강의 끝나고 과제를 하기 위해 이태원의 커피 전문점으로 돌아갔다. 다행히 S소령이 와 있다. "아이고, 그때 너를 러시아인을 관찰하라고 보낸 이후로 아무런 연락이 없어서 너무 걱정했어." 이런다. "그때 어떻게 됐어?" 나는 그때 S소령에게 러시아군 장교가 한반도에 대한 그들의 계획을 밝힌 것을 알려 줬어야 했지만, 내 뇌리에는 내가 피터를 스토킹했다는 것과, 한국 경찰이 나를 국외로 추방 명령을 내렸기 때문에 내가 우리나라 땅에 있다는 것 자체가 불법이라는 생각밖에 없었다. 그래서 나는 S소령에게 피터가 나를 한국 경찰에 스토킹으로 신고했으며 한국 경찰이 나를 추방하는 명령을 내렸다고 말했다. 러시아는 한국과 달리 외교권보다 경찰권이 더 세기 때문에, 피터는 그 우둔한 머리로 나름 자기가 한국의 황제라는 것을 나의 머릿속에 각인시키려고 한 것이다.

"이런 젠장! 우리가 한 방 먹었어!"라고 S소령이 화를 낸다. 그는 어떻게 해야 할지 생각에 잠겼다가, 다음 주 어느 날에 나의 대한민국 여권을 가지고 광화문에 있는 미국 대사관으로 나오라고 한다. 그래서 내가 그날 미국 대사관에 가니, 대문 앞에서 S소령이, 내게는 웬 군인인지 외교관인지 헷갈리는 눈빛을 가진, 한 남자와 함께 나를 맞이해 준다. 나는 그들을 따라서 대사관 깊은 곳의 한 사무실에 들어갔다. 그 남자는 미국 중앙정보국(CIA)에서 나온 사람이었다. 군인이자 동시에 외교관이니까 내가 구분을 못 한 것이었다. 그 남자는, 남한 시민은 관광 비자가 따로 필요 없음에도 불구하고, 내 여권에 내가 써오던 다음 페이지에, 10년 유효한 관광 비자 스티커를 붙여 주었다. 그리고 공항의 여권 심사에서 확인을 잘 안 하는 여권 맨 마지막 뒤 페이지에 T-10이라는, 내가 한 번도 들어보지 못한 비자 스티커를 붙여 주었다. S소령은 옆에서 나에게 이야기해 준다. 미국으로 가서 세관국경보호국에 그 비밀 비자를 보여주라고. T로 시작하는 비자는 정치망명 비자다. 전쟁이나 군부의 박해 등의 이유로 다른 국적의 사람이 미국 땅으로 도망가서 도착하면, 미국 세관 요원이 심사를 해서 인도주의적인 이유로 미국 시민권을 주는 것이다.

그리고 다시 기숙사에 돌아와서 우선은 학업에 집중했다. 그다음 달 나를 키워 주신 할아버지가 췌장암에 걸리셨다. 할아버지는 한반도 북쪽 국경에서 일하며 쓰시던 병력과 남한에서의 정치 활동을 정리하셨다. 북한 관료들에 의하면 그때부터 러시아군과 중국군이 북한으로 무자비하게 쏟아져 들어오기 시작했다고 한다. 러시아군은 한반도에 러시아인 황제를 세우기 위해 북한인들을 살육하기 시작했고, 중국군은 그 틈을 타 북한 시민들의 식량과 금속 등 돈 될만한 것들을 약탈하기 시작해서 많은 시민들이 굶어 죽었다고 한다. 할아버지는 돌아가시기 전 주한미군과 남북한의 국방, 경제정책결정권을 나에게 위임하시고, 그해 7월달에 돌아가셨다. 나는 하늘이 무너지는 것 같았다. 그 충격이 너무 커서, 할머니는 장례식에 오지 않아도 된다고 나에게 말씀하셨다. 할아버지 댁에 내가 쓰던 방이 있었는데, 나는 그곳과 기숙사를 오가며 어떻게든 몇 달을 보냈다.

하루는 할아버지 댁에서 나오는데, 저쪽에서 피터와 비슷하게 생긴 러시아인이 보였다. 피터가 나를 겁탈하려고 하기 전의 표정과 같은 표정을 짓고 있었다. '아, 여기도 안전하지 못하다.' 이런 생각이 들었다. 게다가 연로하신 할머니가 계신 집에 내가 계속 있으면 할머니의 안전도 위험하다. 학교 기숙사에서는 내가 학생으로서 기숙사에 2년 이상 있을 수 없다고 통보해 왔다. 나는 결국 할머니보고 학교 근처에 오피스텔을 얻어달라고 했다. 이태원과 할머니 댁에서 멀리 떨어진 곳에. 인자하신 할머니는 나의 아버지에게 전화해 꾸짖었다. 애가 집이 필요한데, 아버지가 되서 그런 것도 안 해주냐고. 역시 할머니밖에 없다. 옛날에 친부의 어머니인 나의 친할머니는 그 인간을 꾸짖다가, 친부가 삼촌들을 동원해 친할머니를 정신병원에 넣는다고 한 기억이 있는데, 외할머니도 그러다가 위험한 것 아닌가, 이런 생각이 들었다. 다행히 친부는 고분고분 홍콩에서 서울로 날아와서 할머니의 돈을 받아 나에게 학교 근처에 크고 아름다운 펜트하우스인 오피스텔을 얻어 주었다. 나는 모든 것에 벗어나 학업에 집중할 수 있었다.

강의를 위한 리포트를 쓰거나 시험 공부를 하지 않을 때에는, 나는 할머니가 친부를 통해 보내주시는 돈으로 집을 아름답게 꾸미며 세상 모든 것을 잊어버리려고 했다. 할머니는 집세와 전기세 등 필수 요금 외에도 몇백만 원씩 나에게 용돈으로 보내주셨는데(할아버지께 원래 재산이 좀 많았고, 할머니의 아버지가 큰 지주였다고 하신다), 친부는 중간에서 열심히 반은 자기 계좌로 횡령한 후 나에게 적은 용돈을 보내준 것이라고 나중에 주한미군 장교들이 추측을 한다. 그래도 나는 감지덕지하게 받아서 그 돈으로 오피스텔을 꾸미면서 남은 2년의 대학 생활을 보냈다. 내가 집을 꾸미고 나면, 내가 시작한 취미가 여왕 놀이였다. 이태원에서 한 입헌군주제 발상을 실험해 보는 것이었다. 우리 대학에는 서구에서 유학 온 외교관 지망생들이 많았는데, 그들을 초대해서 파티를 열었다. 실험해 보니 된다. 한국에 사는 서구 외교관 들은 다들 한국을 위대한 나라로 보는데, 막상 한국인들은 서구에 대해 위축되어 있는 세계관을 많이 가지고 있었다. 물론 2000년대 당시 에는 서구에 유학 갔다 온 사람들도 많았고, 주한 서구 외교관들과 친하게 지내는 남한 시민들도 많았지만, 전문적으로 한국 내에서 한국을 위대하게 보는 서구인들의 목소리를 대표하는 외교직이 없었다. 입헌 군주제에서는 영토 내에서 군주가 외교권을 행사해, 동맹국 외교 사절들을 전문적으로 관리할 수 있는 것을 발견했다.

2009년, 우리 대학 교수님들은 나보고 수재라고 하면서 교수님 한 분을 특별히 붙여 박사 학위 논문을 쓰게 하였다. 그래서 나는 '입헌군주제와 국가복지론'이라는 제목으로 논문을 쓸 수 있었다. 어느 날, 밤 12시까지 노트북 컴퓨터를 붙잡고 인터넷에서 국제기관들의 데이터와 다른 박사들의 논문을 열심히 조사하고 있었다. 저녁 식사를 안 해서 그런지, 출출해서 뭐를 좀 먹어야겠다는 생각이 들어 오피스텔 1층에 내려와 옆 건물에 있는 한식당에 가서 돌솥 불고기 덮밥을 시켜서 먹었다. 다시 집에 와 논문을 계속 쓰는데, 갑자기 어지럽더니 계속 검은색의 물질을 토해 냈다. '이상하다, 불고기 덮밥은 갈색 소스인데.' 119에 전화해서 학교 옆에 있는 큰 병원의 응급실로 갔다.

　간호사들이 어디엔가 전화를 했는데, 45분 후에 독극물 전문 의사 선생님이 급히 가운을 입으며 들어온다. 의사가 약을 줘서 먹으니 어지러움과 토하는 게 그쳤다. 그런데 일종의 신경마비제였는지, 오른쪽 상반신과 오른쪽 얼굴이 마비가 되었다. 나는 그때 러시아인들이 그 한식당에서 내가 안 보는 사이에 불고기 덮밥에 독극물을 넣은 줄 알았다. 그들이, 내가 집 밖만 나가면 나를 끈질기게 감시하고 있다는 것을 알기 때문에, 그 병원에도 와 있을 거라고 짐작하며, 고통으로 계속 비명을 질렀다. '내가 죽으면, 너희들은 러시아인을 나와 결혼시킬 수가 없어서, 러시아인 황제를 세우려는 계획은 수포로 돌아가는 거야.' 이렇게 경고를 하기 위해 비명을 참지 않았다. 그 학교 옆 병원에는, 평소에 몸이 약한 나를 자주 돌보아주시던 의사 선생님이 있었다. 내가 해외에서 오래 살다가 온 것을 알고 친절하게 나를 도와주시던 분이었다. 나중에 병원에 치료 경과를 확인하기 위해 그 의사 선생님에게 갔는데, 그분도 그날 밤 내가 응급실에 있을 때, 간호사가 교포 학생이 죽어 간다고 연락해서 왔었는데, 내가 살아남지 못할 줄 알았다고 하신다.

응급실에서 약을 먹고 집에 돌아와서 침대에 누워 있었는데, 죽기 전에 저 논문부터 마치고 죽어야 된다는 생각이 들었다. '저걸 마쳐야지 시민들을 전쟁으로부터 지켜낼 수 있다. 내가 아니더라도 덕과 학식이 높은 분을 황제로 추대해야 한다는 것을 알려야 한다.' 마비된 오른쪽 손에 집중을 해서 힘을 주었다. 움직인다. 나는 일어나서, 오른쪽 상반신과 얼굴이 마비된 채로, 80페이지의 논문을 완성해서 학교에 제출할 수 있었다. 그게 4학년 2학기 말인 2009년 12월이었는데, 교수님들은, 학장님을 포함해, 다들 읽어보시고 크게 좋아하셨다. 그리고 박사 학위를 주자는 말씀들을 나누셨다고 한다.

나는 우선 건강상의 이유로 졸업 신청을 미뤘다. 대한민국 영토에 있는 게 불법이어서 한국에서 직장을 구할 수도 없었다. 그리고 휴학 신청을 하고 매일 침대에 누워있었다. 아무런 스트레스 없이 푹 쉬자, 마비된 몸과 얼굴이 천천히 다시 원래대로 돌아올 수 있었고, 나는 일상생활을 할 수 있게 되었다. 그리고 짐을 싸서 미국으로 가서 다시 돌아오지 않을 준비를 하기 시작했다. 참고로, 나를 독살하고자 했던 사람은 러시아인이 아니라 장성택이라는 북한인이었는데, 북한 원로들 말로는 내가 할아버지의 후계자인 것을 질투해서 그랬다고 한다. 내가 그날 밤 불고기 덮밥을 먹을 때 쓴 숟가락에 독을 묻혔다고 누구한테 몰래 비밀을 털어놓았는데, 그 사람이 북한 원로들에게 고발했다고 한다.

그 당시, 북한 시민들과 천안함 용사들이 잔인하게 죽임을 당하는데, 나는 마음 편히 고급 오피스텔에서 공부나 하고 파티나 열었는가? 물론 그나마 태풍의 눈처럼 온갖 혼란 중 간혹 평화로운 시간들도 있었지만, 대체적으로 그러지는 못 했다. 나는 그 오피스텔 옆의 한식당에 자주 갔었는데, 어느 날 밤, 그 식당에 불이 나서 활활 타고 있었다. 내가 이태원에 숙이고 들어가는 것을 그치니까, 피터가 따라와서 방화를 한 것이다. 다행히 소방구조대가 제때 와서 불을 다 껐고, 사장님 말씀으로는 보험을 들어놔서 인테리어를 새롭게 더 아름답게 수리할 수 있었다고 한다. 할머니 댁에서 나와 멀리 이사온 게 다행이다고 생각했다. 연로하신 할머니가 큰일 나실 뻔했다.

그 후 피터는, 물론 집중 장애가 심해서 내가 있는 곳에 정확히 불을 지르지 못했다. 나는 물리학 강의를 들으러 공대 건물에 자주 갔는데, 피터는 거기에도 따라와서 화학실에도 불을 지른다. 거기는 소방구조대가 와서 제시간에 불길을 잡았지만, 피터가, 자기가 황제가 되지 못할 것 같으니까, 한국의 군주를 상징하는 남대문에 붙인 불은 제때 잡지 못해 문화재가 소각되었다. 시민들과 그곳을 관리하던 공무원분들께 많이 죄송했지만, 한편으로는 아무도 다치지 않아 다행이라고 생각했다.

내가 다닌 그 대학에서 만난 많은 사람들이, 나의 슬프고 어려웠던 시간 중에도, 내게 친절하게 대해 주어 나는 많은 위로를 받을 수 있었다. 그 학교에는 그 학교 동기인 것처럼 행세하던 또 다른 가짜 학생이 있었는데, 이 친구는 나보다 2살 많은 여자였고, 나와 캠퍼스 커플이었던 시진이처럼 나를 정신적으로 괴롭히거나 하던 것은 아니었다. 원래 시골 어디에 살던 여자애였는데(나한테는 나보다 한 살 아래라고 말했었다) 아버지가 친절하지만 농부였다는 것이 싫어서, 학교 동기들한테는 자기가 경제부 차관의 딸이라고 말하고, 서울 부촌의 고급 빌라를 빌려서 그게 자기 집인 행세를 하며 우리를 초대했었다. 진실이야 어땠든, 나에게 살갑게 대해 주었고 칭찬도 자주 해줘서 내가 그 친구와 동아리 활동을 같이하는 등 시간 보내는 것을 좋아했었다.

이 친구 이름이 지순(가명)이었는데, 한번은 강의 끝나고 지순이가 다가와서 학교 앞 어떤 호프집에 가서 머리를 식히자고 한다. 둘이서 수다를 떨다가, 그곳에서 우리 외교학 부서의 나보다 2년 위인 의선(가명)이라는 남자 선배를 만났다. "어? 저도 외교학부인데요, 반가워요." 그런데, 의선 선배는 아버지가 5급 외교관이어서 나처럼 어렸을 때부터 선진국과 개발도상국을 번갈아 가며 돌아다녔었야 했다고 한다. 눈에 눈물이 고일 정도로 반가웠다. 우리는, 지순이를 사이에 두고 한참 해외에서 고생한 이야기를 나눴다. 의선 선배도 외교관인 아버지의 사랑을 많이 받았는지, 외교학 교수님들과 똑같이 점잖고 친절했다. 우리는 같이 저녁 식사를 하고, 2차로 의선 선배의 오피스텔에 따라가서 간식을 먹으며 밤새도록 수다를 떨었다.

지순이는 의선 선배를 고위 공무원의 아들로 인식하고, 나름 신분 상승을 위해 의선 선배에게 이성으로 접근해서, 그날 밤 둘이 사귀기 시작했다. 지순이는 내 여동생 같으니까, 나는 의선 선배를 제부라고 친근하게 불렀다. 의선 선배와 나는, 전국 외교관 지망생들이 고급 호텔의 그랜드 볼룸을 빌려서 외교관 놀이를 하는 모의 UN 컨퍼런스에도 같이 참여하고 같은 강의도 들으며 친하게 지냈다. 2008년, 나를 입양하신 외할아버지 말고 친할아버지가 돌아가셨는데, 내가 장례식장에 절망한 채 있을 때 의선 선배가 전화를 해 준다. 할아버지가 돌아가셨다고 하니까, 같이 장례식 가 줄걸, 이렇게 말해준다. 부산에 있어서 못 와 줬지만, 정말 고마운 은인이다.

나중에 의선 선배는, 경제부 차관의 딸에 그 학교 학생인 줄 알았던 지순이가, 뭔가 이상하다는 것을 감지했는지, 지순이를 차버렸다. 농부의 딸이면 어때, 지적이고 사랑스러우면 됐지. 지순이는 무슨 거짓말을 그렇게 해서 선배를 고생시켰나. 의선 선배는 아버지가 금전적으로 너그러우셔서, 나와 지순이를 고급 레스토랑에서 하는 모임에도 초대해 주고, 둘이 사귈 때는 지순이에게 비싼 선물도 해 주고 우아한 데이트 코스에도 데리고 다녔다. 금전적으로 남자에게 의지하는 신데렐라 마인드는 여성 외교관으로서 맞지 않는 정신이지만, 나는 그 커플이 너무나 부러웠다.

대학교 때 또 나에게 중요했던 한 사람은 그 학교 교수였다. 캐나다 사람이었는데, 이쪽도 서양 남자라서 내가 아주 예쁘다고 인식했다. 내가 정신적으로 조숙한 데다가 독립적인 성격이라서 20세 전후라도 그 교수한테는 내가 아이처럼 보이지 않았다는 것을 알고 있었다. 그 교수는 90년대에 한국으로 유학 와서 석사 학위를 따고, 캐나다로 돌아가 캐나다 최고의 대학에서 박사 학위를 딴 후, 이제 막 돌아와 교수 일을 시작한 30대 중반의 교수였다. 나는 똑똑한 남자를 좋아하기 때문에, 그 젊은 교수가 매력이 없다고 생각하지는 않았다. 게다가 나는 사생활이 너무 복잡하고 힘들어서, 학교에서 강의를 들을 때는 위안을 얻었는데, 이 교수가 가르치는 여러 강의에서도 마찬가지였다. 캠퍼스 커플이었던 시진이로 인해 한국 사회에서 퇴출당하고, 대학 선배인 줄 알았던 피터에게는 내가 그를 스토킹한다는 세뇌를 심각하게 당하고 있어서, 그나마 제정신인 이 교수가 나를 꾸준히 좋아해 주는 것에 대해 나는 많은 위안을 얻었다.

그 교수는, 물론 교수로서 학생에게 연애를 하자며 사귀자고 대시하는 것은 윤리적으로 문제이기도 했지만, 천만다행히도 나한테 심각한 관계를 요구하지 않았다. 결혼한 유부남이었기 때문이다. 이 젊은 교수는, 학부와 석사 과정 때 한국에 와서, 어떤, 서양 남자들이 좋아하는, 눈 작고 얼굴이 큰 동양 미인인 한국 여성을 만나 사랑에 빠졌다고 한다. 한국 여성들 특유의 우아한 모습에 반해서, 학생 때 이 교수가 많이 따라다녔다고 한다. 이 우아한 한국 여성은 교수를 몇 년 사귀어 줄 듯 말 듯 갖고 놀다가 절대적으로 교제를 거절해서, 교수가 큰 절망에 빠졌었다고 한다. "내가 이 나라에 다시 오나 봐라!"하고 교수는 고집스러운 마음으로 캐나다로 돌아갔다. 박사 과정을 하면서, 한국에 다시 왔는데, 자기를 좋아해 주는 한국 여성을 만났다고 한다. 그래서 교수는 자포자기하는 마음으로 그 여자와 결혼을 해서 아이까지 하나 두었다.

그런데, 이 부인되는 여자는 교수처럼 학구적인 타입이 아니었다. 같이 살면서 무식한 발언과 언행을 일삼고, 돈 못 버는 교수를 자주 비판하기 시작해서, 교수는 다시 절망에 빠졌다. 그리고 교수가 되자마자 나를 만나 정신적인 바람을 피우기 시작했다. 하지만, 캐나다 사람들의 윤리 기준은 한국인의 윤리 기준과 똑같기 때문에, 교수는 나한테 그런 마음을 최대한 숨기려고 노력을 해 주고 스승으로서 나를 편하게 해 주었다. 캐나다의 교육과 사고방식은 내가 받은 미국식 교육과 비슷하고, 이 교수와 나는 둘 다 한글로 책 읽는 것과 한국의 영화와 사극을 보는 것을 좋아해서 둘이 짝꿍이 잘 맞았다. 덕분에 대학 생활을 하면서 나는 힘들었던 사생활을 잊고 남은 학업을 마칠 수 있었다.

## 4) 대학교 4학년 이후: 본국에서 쫓겨나 세계를 방황하다

2010년 나는 졸업을 보류하고 독극물 사건의 후유증에서 회복하는 것에만 집중을 하였다. 나의 학비를 대 주시던 할머니는, 내가 할머니 댁의 나의 방에 잠깐 들렀을 때, 나에게 앞으로 어떻게 할 것인지 물어보셨다. 나는 최대한 빨리 미국으로 돌아가야 할 것 같다고 말씀드렸다. 할아버지는 외교일 때문에 자주 미국에 다녀오셨고, 내가 그분의 후계자였기 때문에, 할머니는 아마 일에 관한 것일 거라고 짐작하시고 비용을 대 주겠다고 하셨다. 나는 또 할머니에게 미국의 법학대학원에 가서 박사 학위를 딸 것이라고 말씀드렸다. 할머니는 당신이 학자여서, 자식들이 하나같이 공부에 관심이 없어서 많이 실망하셨고, 손녀인 나만이 학교 성적이 좋고 명문대 외교학과에 다녀서 할머니가 크게 좋아하셨다. 미국의 유명 법학대학원에 가서 박사 학위를 받을 것이라고 말씀드리니까 할머니가 너무나 기뻐하신다. 돈은 얼마든지 대주겠다고 하신다. 그래서 할머니는 나의 새로운 삶의 비용으로 나의 친부에게, 나한테 보내라고, 1억 원가량을 보내 주셨다고 한다. 물론, 주한 미군 장교들 말로는, 당시 친부가 중간에서 9,000만 원을 자기 은행 계좌로 횡령하고, 나한테는 1,000만 원을 보내 준 것이라고 추론한다. 그래도 옷을 사는 등 사치만 안 부리면, 근근이 비행기표와 미국의 한 항구도시의 최고급 오피스텔에 월셋집을 얻을 수는 있었다.

2010년 6월, 나는 드디어 한국 경찰의 명령대로(물론 가짜였지만) 한국 땅을 영구적으로 떠날 수 있었다. 그리고 나는 러시아인 피터로부터 완전히 자유로워짐을 느낄 수 있었다(물론 아니었지만). 나는 미국의 한 부유한 항구도시로 가서 내가 살만한 오피스텔을 알아보았다. 집세가 서울보다는 비싼 것 같지만, 월세에 전기세, 수도세, 난방비 등이 다 포함되어 있어 결과적으로는 비슷하다. 그리고 서울 오피스텔에 있는 모든 짐을 갖다 놓기 위해 다시 서울로 비행기 타고 와서, 이삿짐을 다 싼 후, DHL이라는 회사를 통해 미국 오피스텔에 모든 옷과 책과 나의 소지품들을 보냈다. 그리고 다시 미국행 비행기에 올라탔다. 두 번째로 미국에 도착하니, 공항에서 갑자기 미국 국토안보부(Department of Homeland Security) 요원이라는 자가 나에게 다가오더니, 내가 자꾸 왔다 갔다 하는 게 수상하다고 하면서, 같이 취조실에 가자고 한다.

취조실에서 그 요원은 여권을 보여 달라고 하고 내 짐을 마구 뒤진다. 그리고는 여러 가지 물어본다. 사실 보통 미국 사람이라면 그 상황에서 많이 두려움을 느꼈을 것이다. 그런데 나는 어렸을 때부터 그런 상황이 별로 무섭지 않았다. 체격은 작은데 은근히 대범하다. 아마 고위 정치인이었던 할아버지가 어려서부터 군주 후계자로 주입 교육을 시켜서일 것이다. 말하기 시작하기 전부터 "너는 군주다. 모든 공무원들과 군인들은 너의 수하다." 이런 말을 듣고 자라서 그런 것일 것이다.

요원: 대학은 졸업했는가?

나: 학점만 이수하고 건강 문제로 학위 수여는 미루고 왔다.

요원: 미국에는 무엇 하러 왔는가?

나: 대학원 준비하기 위해 왔다.

요원: 아버지 직업은 무엇인가?

나: 홍콩에서 사업을 하고 있지만, 대한민국 국적이다.

요원: 결혼은 했는가?

나: 안 했다. 결혼하고 싶었던 남자는 있었지만 할 수 없었다.


그 국토안보부 요원은 갑자기 침묵했다.

요원: 왜 할 수 없었는가?

나: 그럴 상황이 아니었다. 서울에서 좀 안 좋은 일이 있었는데, 그가 연루되지 않기를 바라서 헤어졌다.


요원은 충격받은 표정을 지었다. 그리고 국토안보부 안쪽의 사무실에 가서 그 지부의 가장 높은 지부장 할아버지를 데리고 나온다.


요원: 지부장님, 이 여성은 한국에서 안 좋은 일이 있었대요.


나는 그 할아버지 얼굴에 점잖고 연민 어린 표정을 볼 수 있었다. 그때 생각나는 게 있어, 그 요원보고 여권을 돌려달라고 하고, 한국에서 미 중앙정보국(CIA) 요원이 찍어준 망명 비자가 인쇄되어 있는 마지막 페이지를 할아버지에게 보여 드렸다.

지부장 할아버지: 아니, 도대체 한국에서 무슨 일이 있었기에 이런 비자를 받아 왔니?

나: 설명하기가 힘들어요. 아주 복잡한 상황이었어요.

지부장 할아버지: 그래도 천천히 이야기해 보렴. 괜찮다. 나도 젊었을 때 한국에서 일하다 왔단다. (6.25 참전용사였다는 뜻)

나: 제가 다니던 대학의 어떤 선배가 나보고 자기를 스토킹한다며 한국 경찰에 신고했어요. 한국 경찰에게서 국외 추방 명령을 받고 지금 왔

어요.

　지부장 할아버지: 저런, 너를 스토킹하다가 앙심을 품고 그랬구나. 너처럼 영어 잘하는 미국 사람이었니?

　나: 네, 체코계 미국 시민이었어요. 요즘 한국에는 반미 감정이 심해서, 한미 외교관계에 안 좋아질까 봐 경찰에게 아무 말도 못 했어요.

　지부장 할아버지: 얘야, 이건 개인적인 문제가 아니라 커다란 정치 문제 같다. 너는 한국 사람이라 미국의 부자 도시에만 있어서 모르겠지만, (미국 사람들 사이에는 한국인은 부자 민족이라는 선입견이 있다) 대부분 미국의 도시는 가난한데, 그런 데에는 러시아 사람들이 체코계나 다른 동유럽 민족의 미국 시민 행세를 하면서 범죄를 많이 저지른단다.

나는 그 이야기를 듣고 충격을 받았다. 나를 취조하던 요원도 놀라서 고함을 지른다.

　요원: 지부장님! 그럼 우리가 이걸 어떻게 해야 해요?

　지부장 할아버지: 국외 추방 명령을 받았으니, 그걸 뒤집을 명령을 내려야지. (나한테) 얘야, 너는 여기서 기다리거라. (취조하던 요원에게) 너는 나와 내 사무실에 가자.

한 20분 후, 나를 취조하던 요원은 지부장 할아버지에게서 나보고 한국에 입국하라는 명령서에 미 국토안부장 도장 찍힌 것을 받아와 나에게 건네주었다.

요원: 지부장님이 나중에 한국 입국할 때 이것을 가지고 가서, 만약 한국 세관이나 경찰이 그쪽에게 문제 삼으면 이것을 보여 주라 하신다.

나: 아유, 너무 고맙다. 그쪽 아니었으면 나는 계속 국적 없는 방랑자가 될 뻔했다. 그러고 보니, 그쪽은 내가 옛날에 결혼할 뻔한 남자와 닮았다.

요원: (코웃음을 지으며) 결혼한다면서, 그 남자 얼굴을 기억하기나 하는가?

나는 너무 고마워서 무엇인가 그 요원에게 해 주고 싶었다. 내가 돈이 많은 것도 아니고, 3만 원 이상 주면 뇌물이라 불법이고. 그래서 가방에서 내가 먹으려고 인천공항에서 사둔 유자맛 찹쌀떡 예쁘게 포장된 것을 선물로 주었다. 내가 90년대에서 2000년대 미국 살 때는, 큰 도시에 중국 떡과 일본 떡은 있었지만, 한국 떡 파는 곳은 없어서, 사실 미국에서는 귀한 선물이었다. 요원은 잘 먹겠다고 하고, 빨리 가서 경유하는 항공편에 타라고 한다. 자기가 기장 보고 승객들 다 기다리게 했다고 한다. 그래서 나는, 국토안보부 취조실에서 나와 바깥에서 나를 기다려 주는 승무원 언니와 함께 비행기에 탔다. 승무원 언니는 내가 국토안보부 취조실에 걸렸다고 식겁을 한다. 그러고 보니, 방금 그 요원, 키는 훤칠하고 체격이 좀 있는데, 다리 하나를 심하게 절뚝거리던 것이 생각났다.

　나는 다시 미국의 그 부유한 항구도시에 도착해서, 할머니가 구해주신 오피스텔에서 한국에서의 모든 일을 잊고 편하게 지냈다. 한 3달 정도 지났을까? 내가 좋아하는 바닷가의 한 레스토랑에서 식사를 하고 오피스텔로 돌아왔는데, 1층 로비에서 눈에 익은 야윈 체격의 노랑머리 남자가 황급히 나오는 것을 봤다. '이런 씨X, 피터다. 나를 찾았어. 여기까지 오다니, 지독한 놈.' 내가 이런 생각을 하며 건물에 들어가 보니, 연기가 자욱하다. 곧이어 멀리서 사이렌 소리가 들리며 소방차 여럿이 도착한다. 한국에서처럼 피터가 내가 살던 건물에 불을 지른 것이다. 평소에 인사하고 지내던 흑인 경비원이 나보고 오피스텔 밖 정원으로 피하라고 한다. 불은 사람이 안 사는 한 집과 비상계단에만 났고, 더 커지기 전에 소방수들이 불을 껐다. 나는 소방수들이 불을 끄고 나오며 웅성거리는 소리를 들었다. "이건 분명히 방화야."

　경찰차들이 도착했고, 제복을 입은 경찰관들이 왔다 갔다 했다. 내 오피스텔을 전담하여 수도세나 관리비 등 여러 가지를 돌봐주던 매니저 언니가 경찰관들에게 진술을 한다. '아, 저걸 내가 미국 경찰에게 피터라는 체코계 미국 시민이, 아니 러시아인이 그런 것 같다고 이야기를 해야 하나' 이러며 나는 고민했다. 내게 피터가 그랬다는 실물적인 증거가 있는 것도 아니고, 당시에는 한국 경찰이든 미국 경찰이든 직접적인 피해를 입었다는 진단서가 없으면 스토킹을 신고해도 법적으로 보호를 받을 수도 있는 게 아니었다. 설령 미국 경찰이 피터를 체포하기로 결심했다 하더라도, 피터가 다시 한국이나 러시아로 비행기 타고 떠나면 아무도 그 사건에 신경 쓸 사람이 없었다. 피터가 여기서 불을 질렀다 해도 직접적으로 살인에 성공한 게 아니므로 인터폴에서도 아무도 안 도와줄 것이다. 내가 보호를 요청할 사람은, 그 국토안보부 할아버지 말대로 정치적인 사건이라고 규정하고 믿어줄 사람은, 국제적으로 평화유지 활동을 하는 미국 군인뿐이다. 이런 생각이 들자, 나는 미군이 있는 곳으로 가야 한다는 생각을 했다. 그 항구도시에서 가장 가까운 미군 부대는 약 2시간 거리에 있었는데, 막상 거기에 가려고 하니 누구에게 뭐라고 말해야 할지도 모를 거라는 생각이 들었다. 민간인이 가서 뭐라고 신고를 할 수 있는지도 모르고.

나의 오피스텔 방에 도착하자, 나는 짐을 싸기 시작했다. 노트북 컴퓨터를 키고 인터넷에 접속을 했는데, 인터넷 사회 소통망 서비스인 페이스북에서 인도인 친구의 메시지가 와있다. 초등학교 때 한 개발도상국에 몇 달 있다가 온 적이 있었는데, 거기서 만난 인도인 친구였다. 이 친구는 인도 종교인 힌두교 신자로서, 카스트 신분제도에서 최상급인 브라만 계급이었고 부모님이 준재벌급이었다. 여러 해 인터넷으로 인도에 오면 자기 집에 머무르라고 초대를 해왔다. 나는 그날 그 친구의 메시지를 받고 인도로 갈 결심을 했다. 우선 이곳을 떠나야겠다는 생각밖에 들지 않았다. 오피스텔을 관리해 주던 매니저 언니에게는, 월세는 은행 계좌로 계속 보내겠으니, 지금 이 나라를 떠야겠다고 하고 뒷일을 잘 부탁한다고 하고 나왔다. 나는 여행 가방을 가지고 공항으로 가서 가장 빠른 비행기 편으로 인도의 한 대도시로 날아갔다.

　나는 다음날 인도의 한 국제 공항에 도착해서 비행기에서 내렸는데, 인도 경찰이 왔다 갔다 한다. 아뿔싸, 내가 인도 경찰에 대해 잊어버리고 있었구나. 한국의 경찰이나 미국 등의 서구 경찰들과 달리, 인도를 포함한 개발도상국의 경찰들은 부패율이 아주 높다. 만약 피터가 여기까지 와서 인도 경찰까지 매수한다면, 그는 총을 든 인도 경찰이라는 강력한 동맹군을 만드는 것이다. 인도는 오히려 더 위험하다. 이런 생각에 나는 인도인 친구의 집에 가는 것을 포기했다. 인도도 떠야 한다. 나는 문뜩 독일에 미군이 주둔해 있다는 생각이 든다. 그래, 독일에 가는 게 제일 안전할 것이다. 나는 공항 안내 데스크에 가서 독일로 가는 비행기 편을 알아보았다. 직원은 독일로 가는 비행기는 가장 빠른 게 48시간 뒤라고 한다. 나는 할 수 없이 그 비행기에 좌석을 한 표 사서 대기하는 곳에 가서 기다렸다.

　몇 시간 동안 대기 구역에서 쪽잠을 자고 나니 배가 고파왔다. 인도 음식은 한국에 나지 않는 향신료가 많이 들어가서 보통 한국 사람들은 그 맛에 거부감을 느끼는 경우가 많다. 나는 어려서부터 여러 나라에서 인도인 친구들을 여럿 사귀어보고 그들이 먹는 음식을 먹어 봐서, 공항에서 파는 음식은 먹을 만했다. 끼니를 해결하고 나니, 위생 관리를 하고 싶어졌다. 치약도 없었고 휴지도 다 떨어져 갔다. 공항 안의 약국 같은 가게에 가 보니 인도 브랜드의 위생용품밖에 없었다. 다른 개발도상국에서 현지 브랜드의 치약과 휴지를 샀을 때 냄새가 역겨웠던 경험이 많아서, 인도 브랜드의 제품들을 사기가 꺼려졌다. 세안제는 특히 개도국 브랜드를 잘못 사면 젊은 여성의 얼굴 피부에 치명적이다. 공항에 가까운 호텔의 1층 가게에 가봐도 마찬가지였다. 공항 안내 데스크에 가서 "혹시 미국이나 영국 등 서구 브랜드의 치약과 세안제 파는 곳이 없나?" 물어보니, 안내원이 택시 타고 5분 정도 시내로 나가면 커다란 백화점이 있는데, 거기에 아마 미국 브랜드인 콜게이트 치약과 도브 비누를 팔 거라고 말한다. 그래서 공항 출구로 나와서 택시를 타고 기사에게 그 백화점으로 가달라고 이야기했다. 택시 기사는 돈만 낼름 받고 20분 정도 여기저기 길을 빙빙 돌다가 간신히 엉뚱한 데 내려 준다.

길을 잃었다. 백화점도 공항도 어떻게 가야 할지 모르겠다. 한참을 헤매는데, 저쪽에서 러시아 남자 셋이 나에게 다가오는 게 보인다. 피터와 한국에서 본 다른 러시아인들처럼 나에게 해를 가하려고 하는 의도가 보이는 위협적인 눈빛이다. 이를 어쩌나 하고 당황하고 있는 순간, 갑자기 인도인 복장을 한 흑인 미군 병사가 내 앞을 가로막는다. 아, 살았다. 주한미군 장교들이 미 국방부에 내 상황을 알리고 인도에 있던 미군 요원들을 보내 준 것이었다. 미군 병사들이 세 명 더 도착했고, 한 병사는 나를 감싸안고 나를 그 자리에서 피신시켰다. 그 자리를 떠나는데 뒤에 러시아인들이 있던 자리에서 툭툭툭 시체 세 구가 바닥으로 떨어지는 소리가 들린다. 미군 요원들이 무음 권총으로 러시아인들을 사살시킨 것이다.

한 요원이 나를 다시 공항 대기실로 데리고 와서 비행기 탈 때까지 옆에서 지켜줬다. 공항에 미군 병사들이 평상복으로 가끔씩 왔다 갔다 하는 게 보인다. 미 국방부에서 꽤 많이 병력을 보내 준 것이다. 몇 시간 후 독일행 비행기가 인도 공항에 도착해서 탑승해도 좋다는 안내문이 전광판에 떴다. 나를 지켜 주던 요원은 내가 독일행 비행기에 탈 때까지 곁에 있어 주었고, 내가 비행기에 탑승하려고 입구에 들어가자 무전기에 무사히 비행기에 탔다고 보고하였다. 독일 공항에 도착하자 여기저기에 미군 요원들이 왔다 갔다 한다. 미 국방부에서 나의 신변 보호를 위해 주독미군을 보내 준 것이었다. 공항의 독일 경찰관들도 한국이나 미국 경찰처럼 정직해 보인다. 아, 드디어 자유다. 나는 크게 안도의 한숨을 쉬고 공항 옆의 한 호텔에 가서 욕조가 딸린 방에 체크인했다. 한국에서도 사람들이 좋아하는 고품질의 독일산 위생용품을 실컷 쓴 후, 깨끗한 침대에서 한숨 푹 잤다.

그렇게 호텔에서 먹고 자고 하면서 1주일을 보냈다. 앞으로 어떻게 해야 하나 생각하기 시작할 무렵, 홍콩에 있는 친부에게서 전화가 온다. 어렸을 때부터 그랬듯이, 살기 어린 듯한 목소리로 나한테 돈을 너무 많이 쓴다고 추궁하는 것 같은 기분이 들었다. 그 당시 나를 키워 주신 할머니는 나를 위해 친부에게 한 달에 600만 원을 나의 생활비와 월세비 등으로 보내 주고 있었다고 나중에 나한테 얘기해 주신다. 친부는 그동안 그중 300만 원은 자기 자신을 위해 자기 계좌에 넣고 나에게 300만 원을 보내 주고 있었다고 지금의 주한미군 장교들이 추정

하는데, 나는 250만 원을 미국 오피스텔 월세로 내고 50만 원 정도로 간신히 살아가고 있었다. 그런데 이제 친부가 하는 말이, 너는 내 돈을 너무 많이 썼으니 이제 그 300만 원도 끊어 버린다고 한다.

나는 핸드폰을 내려놓고 멍하니 허공을 바라보았다. 이제 어떻게 살아가야 하나, 돈이 없으면. 수중에 남은 돈으로 한국행 비행기표를 사서 할머니 댁에 있는 나의 방으로 돌아가는 게 상책이다. 그런데 내가 어딜 가든 러시아인들이 따라오고 불까지 지르며 무슨 짓을 저지를지 모른다. 연로하신 할머니에게 피해가 가면 큰일이다. 두 번째 방책은 홍콩에 있는 친부의 집에 기어 들어가 끼니라도 얻어먹으며 살아가는 방법이다. 어렸을 때 친부와 친모와 살면 정신적 폭력을 내게 가하는 것 같다는 생각이 들어도 밥은 먹게 해 주었다. 나는 두 번째가 낫겠다는 생각이 들어서, 가방을 다시 싸서 공항으로 돌아가 수중에 남은 돈으로 홍콩행 비행기표를 샀다. 이번에는 두 시간 만에 비행기를 탈 수 있었고, 다음 날 홍콩에 도착해 친부와 친모가 있는 집으로 기어 들어갔다.

돈 쓸 걱정 없이 머물 곳이 생기기는 했지만, 어렸을 때 친부와 친모와 살 때 받았던 정신적 폭력에 대한 감정이 다시 생기기 시작했다. "왜 이렇게 내 돈을 많이 쓰냐", "돈 벌어 와라", "너는 내게 돈을 가져다 주지 않기 때문에 살아 있을 가치가 없다" 이런 식의 말을 듣는다고 생각하면 뇌와 척추에 스트레스 관련 호르몬을 대용량 흐르게 해서 여러 가지 의학적 증세로 나타난 것이라고 나중에 한국 의사들이 의견을 내

놓았다. 나는 친모가 나를 임신했을 때 나를 떼려고 해서 보통 사람들에 비해 어깨가 유난히 좁은 등 여러 가지 신체적 약점이 있는데, 그중 하나가 기형이 된 자궁이라서 다른 여성들에 비해 더 길게 한 달에 4일 넘게 심한 복통으로 누워 있어야 한다. 그렇게 아파서 누워있으면 친부가 와서 나를 발로 차며 "왜 안 치우고 누워만 있냐. 내가 유능해서 돈 벌어오지, 네가 가정부 월급 주냐" 하며 위협적으로 고함을 지르지 않았나 현재 주한미군 장교들이 추측을 한다. 그들의 말에 의하면 물론 친부는 할머니가 나를 위해 보내 주는 한 달에 600만 원을 모조리 자기 계좌로 넣고 있었고, 가정부 월급도 할머니가 대 주고 있었을 것이라고 말한다.

나는 홍콩의 친부와 친모의 집에 그렇게 짐을 풀고 잘 곳과 끼니 걱정은 없어졌지만, 어렸을 때처럼 다시 집에 가기 싫어졌다. 그래서 매일 노트북 컴퓨터를 들고 홍콩 바닷가의 항구로 나왔다. 그리고 친모는 친부가 가로채는 돈 중 상당 분량을 자기 몫으로도 챙기고 있었다고 현재 주한미군 장교들이 그러는데, 그래도 아침 식사를 마치고 나면 친모가 600만 원 중 매일 20 홍콩 달러를 내 방에 던져 주고 쇼핑을 나가거나 골프를 치러 나갔다. 당시 환율로는 한국 돈 3400원 정도 됐는데, 그 돈으로는 홍콩의 식당에서 점심을 사 먹거나 책방에서 영어 책을 살 수 있었다.

이런 친부 친모의 언행으로 인해, 그나마 다행인지 나는 한반도 사람들의 안보와 관계된 국제정치학적 관찰을 할 수 있었다. 당시 홍콩은 영국 정부에게서 중국 정부로 반환된 지 오래되어서, 중국 군대의 통치를 관할을 받는 지역이라 적군인 미군이 들어오기가 거의 불가능하다는 것이었다. 나중에 알았지만, 주 홍콩 미국 영사관에 첩보 요원을 보내기는 했다고 한다. 그리고 한국과 동맹인 영국 첩보원들과 프랑스 첩보원도 꽤 많았다고 한다. 하지만 2016년 유엔군이 베이징을 함락시킬 때까지는 미군이 정식적으로 홍콩에 들어가서 활동하지를 못했고, 2010년 당시에는 내가 홍콩에서 중국 영토 밖에서처럼 미군 요원들의 보호를 받거나 하지는 못했다. 그래서 홍콩 어디를 가든 러시아인들이 활개를 치고 내 주위를 돌아다니기 시작했다. 한국에서는 러시아인들이 나를 이용해 황제를 세우는 게 급급해서 위협적으로 다가왔지만, 홍콩에는 미군이 없어서 여유로웠는지, 내가 그들을 피해 다니기만 해도 그럭저럭 지냈다.

하루는 홍콩 항구의 한 바닷가에 있는 서양식 커피 전문점에서 노트북 컴퓨터로 인터넷에 접속한 후 영어책 사 온 것을 읽고 있었는데, 한 러시아인이 내 테이블 건너편 자리에 앉는다. 그리고 한국에서 미국인 행세하는 피터 같은 러시아인들처럼 유창한 미국식 영어로 내게 말을 건넨다. 나는 피하지도 못해서 고개를 돌렸다. 얘는 내게 뭐라고 주절대는데, 이야기하는 내용이, 한국 정복 프로젝트를 주도하던 러시아군 장교와 비슷한 말을 하는 것 보아, 러시아군에서 꽤 높은 자가 보낸 듯하다. 남시베리아의 우랄 계통의 민족들과 알타이 계통의 민족들처럼 한국도 이제 러시아의 일부가 되어야 하는데, 내가 너무 콧대가 높아

러시아인과 결혼 안 해 줘서 남북한에 러시아인 황제를 세우기가 어렵다는 것이다.

러시아 놈: 너는 미국 남자 좋아한다며? 미군과 결혼할 건가?
나: 아마도. 러시아 남자들은 너무 못생겨서 말이지.

내가 비꼬면서 대꾸하자, 그 러시아 남자는 얼굴에 붉으락푸르락 분노를 띄며 자리에서 벌떡 일어난다. 그리고 갑자기 내 컴퓨터에 손을 갖다 댄다. 그리고 커피집을 떠난다. 내가 '방금 그자가 내 컴퓨터에 손을 댔을 때 플라스틱 부딪히는 소리가 났는데, 뭐지?'하고 생각하며 컴퓨터 뒤를 보니까 불빛이 삐삐거리는 작은 장치가 붙어 있다. 폭탄이다. "이런 썅." 나는 급히 노트북 컴퓨터를 들고 항구로 나와 바닷가의 난간으로 달려가서 컴퓨터를 바닷물에 던졌다. 컴퓨터가 바닷물에 닿는 순간 폭탄이 터지며 작은 거품이 생겼다. 거품 크기로 보니 나를 죽이려고 폭탄을 붙인 게 아니라 컴퓨터만 폭발시키려고 장착한 작은 폭탄이었다.

그렇게 1년이 지났다. 어느 날, 할머니가 나와 동생들을 위해 친부에게 많은 돈을 더 보내줬고, 친부는 그중 30만 원을 내게 던져줬다. 나는 그 돈으로 한국행 비행기표를 사서 서울로 돌아올 수 있었다. 할머니는 갑자기 내가 할머니 댁에 있는 내 방으로 돌아오자 깜짝 놀라셨다. "너 왜 갑자기 미국에서 돌아왔니? 대학원 준비는 잘 돼 가니?"

나는 할머니께 대학원에 정식으로 붙을 때까지 한국에서 공부하겠다고 말씀드렸다. 할머니는 자애로운 표정으로 그렇게 하라고 내게 말씀하셨다.

나는 할머니의 신변이 걱정되어서, 미국에 있는 월셋집을 정리할 테니 서울에 공부하며 지낼 집을 얻어 달라고 부탁드렸다. 할머니는 그렇게 하라며, 친부에게 최고급 오피스텔 원룸을 내게 얻어 주라며 3억 원을 보내 주셨다. 주한미군 장교들의 추측에 의하면, 그때 친부는 홍콩에서 서울로 와 그중 2억을 가로채고 1억짜리의 초라한 건물의 단칸방을 내게 얻어 주고 다시 홍콩으로 돌아갔다. 나는 할머니의 안전이 걱정됐으므로, 그것이라도 좋으니 책과 옷가지 등을 챙겨서 서둘러 그 집으로 이사를 갔다. 그리고 미국의 오피스텔을 관리해 주던 매니저 언니에게 전화해, 그곳의 내 짐을 창고 위탁 보관 회사에 넘겨 주고, 월세 계약을 1년 더 남기고 파기해 달라고 하고, 적은 위약금을 물어 주었다.

집은 초라했지만, 유능한 한국 경찰과 훌륭한 사법 시스템으로 인해 나는 다시 안전하고 자유로운 삶을 살게 되었다. 그리고 예전에 친하게 지냈던 주한미군 장교들과 이런저런 경로를 통해 다시 만나게 되어 너무 반갑고 기뻤다. 그들은 내가 어딜 가든 나의 경호를 위해 미군 요원들을 보내주었고, 나는 다시 안전한 마음으로 공부에 전념했다. 그리고 틈틈이 인터넷에 내가 대학 다니며 연구한 것들을 올렸는데, 미국과 다른 서구 국가들에서 갑자기 큰 유명세를 타기 시작했다. 우리

나라에서는 이명박 대통령과 1급 관료들, 외교관들 사이에서 내가 알려지게 되었고, 게다가 하늘의 은혜로, 북한 정부를 움직이는 최고위 관료들과 인터넷으로 연결이 되었다. 당시 북한 정부의 얼굴마담이었던 김정일 씨가 나의 입헌군주제 제안에 큰 호응을 보였다. 한국에 황제가 생기면, 주한미군이 남북한 사람들의 주권을 침해하지 않는 게 되어, 북한인들도 미군을 용서하고 주한미군과 조화롭게 살아갈 수 있는 것이다. 그래서 그는 주한미군과 화해하기 위해 유해 반환 프로젝트를 선언했다.

북한에 많이 들어가 있던 러시아군은, 주한미군이 나가지 않으면 러시아군이 남북한을 통치하지 못하게 되므로, 이에 김정일 씨를 살해하였다. 그리고 남한 전국의 모든 미군 부대에 비상이 걸렸다. 한반도의 어떤 고위 정치인의 (손녀)딸이 있는데, 이분은 미군 요원들에게 더없이 친절하고, 이분이 없어지면 주한미군의 위치도 위협을 받아, 미군이 보호해 주는(남한은 직접적으로, 북한은 간접적으로. 주한미군 사람들은 비공식적인 자리에서는 언제나 북한인들을 칭송하였다.) 남북한에도 큰 위협이 되는 안보 문제라고, 모든 요원들에게 가르쳤다. 그리고 러시아군에서 많은 첩자를 보내 이분을 위협하기 때문에 모든 주한미군 요원들이 동원되어 지켜 드려야 한다는 명령이 내려졌다. 나의 혼처인 남북한의 황제(또는 부군) 자리를 두고 어마어마한 세계대전이 시작된 것이다.

그때가 2011년이었는데, 2007년 북한의 북쪽 국경을 지키던 우리 할아버지가 돌아가시고 러시아인들이 활개를 쳤었다. 그리고 그때부터 나에 대한 주한미군의 경비 병력이 나에게 집중되면서 러시아인을 보내 나를 괴롭히기가 어려워지자, 러시아인들은 한국의 황제가 되고자 하는 욕망에 눈이 멀어 북한인들을 대규모로 학살하기 시작했다. 북한 사람들은 러시아인들이 우방인 줄 알았다가, 그제서야 그들이 속았다는 것을 깨달았다고 한다. 북한 관료들은 나에게 살려달라고 구호 요청을 했다. 우리 할아버지는 원래 카리스마가 강하고 수하 사람들을 다스리는 양반 기질이 있으셔서, 한번 호령을 하면 시베리아 벌판의 러시아인들이 벌벌 떨었지만, 나는 그게 많이 부족했다. 나는 그래도 할아버지의 심리전 전략을 보고 배운 게 있어 따라 해 보려고 노력했다.

나는 주한미군 장교들을 시켜서 러시아군이 시각적으로 접하는 모든 매체에 공포를 일으키는 심리전을 구사했는데, 성공적으로 러시아인들을 북한에서 쫓아낼 수 있었다. 그리고 나는 북한 관료들에게 이야기했다. "러시아인들이 '미군은 북한인들을 죽일 것이다'라고 북한 시민들에게 세뇌시킨 것은 거짓말이다. 남북한 사람들에게는 미군 사람들이 아주 겸손하고 예의가 바르다. 내가 할아버지만 한 힘이 없어서, 주한미군을 북한의 북쪽 국경에 보내 줄 테니, 어떠냐" 이랬다. 북한 관료들이 찬성했고, 나는 그 계획을 실행시킬 방도를 궁리하기 시작했다.

러시아인들은 계속 남한 뉴스에 미군이 남한 여성을 성폭행했다는 둥 온갖 가짜 뉴스를 내보내 남한 사람들로 하여금 정치적으로 주한미군을 몰아내게 할 작전을 실행하고 있었고, 주한미군을 무기나 우수한 병력 등 물리적으로 이겨 내지를 못하니까 심리적으로 공격하기 시작했다. "너희들은 한국이라는 부자 나라에 기생하는 버러지 같은 존재들이다." 이런 생각을 여러 매체를 통해 심어 주니 아무리 강하고 분석력이 빠른 미군 병사라도 힘이 빠질 수밖에 없었다. 나는 그런 것을 막아 내는 등 심리전 전쟁(psychological warfare)을 이끌기 시작했다.

그 당시 미국 본국의 군 총사령관이자 대통령은 한국에도 많이 알려진 버락 오바마라는 인권 변호사였는데, 그는 전쟁에 대해서 문외한이었다. 그가 내 팬임을 미국 방송에 알렸는데, 나는 그때 이후로 온라인으로 그에게 전 세계 미군이 관여한 전쟁을 이기기 위한 책략에 대한 조언을 해 주기 시작했다. 그는 겸손하게 나의 책략을 받아들인다. 그리고 나더러 이 분야에서 최고의 전문가임을 알 수 있다고 한다. 그는 4년 임기를 마치고 재선에 도전하고 싶다고 나한테 말했다. 4년 더 대통령이 되어야 한국에서 전쟁하던 것을 마치고 남북한의 복지 경제를 미국에 도입할 수 있다는 것이다.

그래서 나는 미군 장교들과 요원들보고 동영상을 찍어 달라고 하고, 미국 시민들에게 오바마 대통령을 다시 한 번 찍어달라는 호소를 하는 연설을 여러 번 했다. 미군 장교들은 미국 본국 국방부에 동영상을 보내고, 국방부 사람들은 그것을 미국의 주요 방송사들에 보내 전국에 방영하게 하였다. 미국 사람들은 한국의 황태녀가 오바마가 좋은 대통령이 될 것이라는 보증을 한다는 내용을 보고 다들 크게 설득을 받아, 오바마는 경쟁 후보를 제치고 아주 큰 표차로 재선이 될 수 있었다.

어느 날 저녁, 나와 미군 장교 셋이 서울의 한 식당에서 식사를 하고 있었다. 우리는 밥을 먹으면서 여러 이야기를 나눴는데, 한 장교가 이렇게 말한다. "러시아군이 자꾸 율이 결혼시키려고 하는데, 우리는 막아내는 것만 할 게 아니라, 뭔가 좀 더 적극적인 조치를 해야 하지 않을까?" 다른 장교들이 다들 "그러게" 하면서 동의한다. 물론 미군 요원들은 나보고 폐하라고 부르지만 개인적 친분이 깊은 장교들에게는 나한테 말 낮추라고 내가 시켰다. 일주일 후, 이 장교에게서 미군 부대의 한 게이트(입구)로 지금 오라고 전화가 왔다. 내가 가보니, 그 장교는 내 또래의, 20대 중반의 한 미군 병사와 나를 기다리고 있었다. 그런데, 앗! 그 장교와 같이 있던, 키 크고 체격이 좋은 미군 병사의 얼굴을 보고 나는 기절초풍하는 줄 알았다.

바로 1년 전 미국의 한 공항을 경유할 때 나를 붙잡아 취조하던 국토안보부 요원이었다.


나: 오마이갓! 너는 1년 전 공항의 국토안보부 요원이잖아! 어떻게 된 거지?

조쉬: 결혼할 뻔한 남자의 얼굴도 못 알아보나?

장교: 이 남자 알지?

나: 그런 것 같은데. 혹시 너 조쉬?

2006년 대학교 1학년 때 같이 겨울방학 동안 동거하던 남자 친구 조쉬였다. 조쉬는 2008년 한국 근무를 마치고 아프가니스탄으로 파병되었는데, 한국은 추워서 얼굴이 하얬다가 아프가니스탄의 뜨거운 햇볕 때문에 얼굴이 그을려 피부가 갈색으로 변했다. 나와 살 때는 소년의 앳된 목소리였는데, 5년 사이에 목소리가 성인 남자의 깊은 목소리로 변했고 몸에 털도 많이 났다. 아프가니스탄에서 테러리스트에게서 다리에 총을 맞아, 미국 공항에서 봤을 때는 다리 하나를 심하게 절뚝거렸는데, 그 사이에 많이 나아서 거의 성한 사람 수준으로 약간만 절며 걸었다.

자기 말로는 우리가 헤어지고 나서, 조쉬는 시간 날 때마다 자기가 나를 스토킹했다고 한다. 나는 러시아인 피터가 나보고 스토킹한다고 추궁당한 경험이 있어서, 그 말을 듣고 웃었다. 겸손하기는. 한국의 오피스텔에서는 가끔 집 앞에 꽃 같은 게 놓여져 있었는데, 나는 누가 실수로 버리고 간 줄 알았다. 미국 오피스텔에 살 때는 어딜 가든 그가 보낸 미군 친구들이 보였는데, 나는 그냥 우연히 2시간 떨어진 미군 부대에 근무하는 군인들이 돌아다니는 줄 알았다. 한번은 미국 오피스텔 창밖을 바라봤는데, 미 공군 비행기가 하트 모양의 분홍색 구름을 하늘에 만들어 놓고 지나갔었다. 나는 그 도시에서 무슨 정부 행사를 주최하는 줄 알았다. 물론 그것도 조쉬가 보낸 것이었다.

그리고 미국에서 경유한 공항에서 그를 만난 것은, 미 국토안보부가 미 국방부와 연결이 되어 있어서였고, 그는 군인의 권한으로 항공사

컴퓨터에 들어가 나의 비행 스케줄을 알아내서 그 공항에서 나를 기다렸다고 한다. 그리고 국토안보부 요원의 자격으로 평소 나에게 궁금했던 모든 것을 물어본 것이다. 5년 전에는 러시아인 피터 문제가 너무 커서(내 학교와 미군 부대 전체를 휘젓고 다녔으니) 18살짜리 이병이 내 국외 추방 문제를 해결 못 할 줄 알았는데, 예상외로 조쉬가 내 문제를 해결해 준 것이었다. 그리고 내가 홍콩에서 1년 머무를 때, 그는 나를 만나기 위해 다시 한국에 있는 주한미군에 자원해서 이번에는 38선이 아닌 서울 부대에 배치되었다. 전국의 주한미군 요원들에게 나를 지켜야 한다는 명령이 떨어졌는데, 조쉬는 그때 미군 요원들에게 나눠준 내 사진을 보고, 자기 상관에게, 나와 그가 옛날에 사귀었고 결혼까지 생각했었다고 보고했다고 한다. 주한미군 고위 장교들은 내가 러시아인에게 강제 결혼 당하는 것을 막는 방법을 궁리하다가, 조쉬의 상관의 보고를 듣고, 나를 조쉬와 결혼하게 해서 이 전쟁을 이기려고 전략을 짠 것이다.

그렇게 조쉬와 나는 다시 사귀게 되었다. 하루는 조쉬가 내가 사는 단칸방에 와서 나를 데리고 함께 식사를 하러 가려고 했다. 둘이 같이 아파트를 나오는데, 집 앞에서 어떤 키 작고 뚱뚱한 젊은 남자가 나에게 다가왔다. 2003년 고등학교 때 중국에서 나를 순수한 마음으로 따라다니던 한국 교민 진우였다. 중국에서는 몰랐는데, 한국에 몇 년 살면서 세련된 한국 사람들 보는 데에 눈이 익숙해져서, 그때 다른 교민 남자애들이 말했듯이, 진우가 촌스럽고 어리바리한 게 드디어 보였다.

다른 교민 애들이 그를 "짭새"라고 부르고 다른 한국인 언니보고 둘이 결혼하라며 "짭새 부인"이라고 불러서, 내가 크게 절망에 빠졌었는데, 진우는 사실 8년 동안 나를 계속 좋아하고 인터넷 사회 소통망으로 나의 행보를 꾸준히 쫓다가, 드디어 내 주소를 알아내 직접 나타난 것이었다.

미국 군인은, 미국이 워낙 땅이 넓어 경찰 인력이 많이 부족해서 그런지, 국내 치안을 위한 경찰 교육을 경찰관과 똑같이 받고 업무 범위도 많이 교차한다. 그래서 나는 진우를 알아보는 순간 "짭새"나 다름없는 조쉬의 팔에 매달려 팔짱을 끼었다. 옛날 진우가 효신 언니와 결혼한다고 교민 남자애들이 놀리면서 나를 현지 한국인 사회에서 쫓아낸 후 내가 자살할 뻔했던 상처가 아직도 있었기 때문이다.


진우: (지능이 낮아 버벅거리면서) 혹시 나 알아보겠어? 나 진우인데, 옛날에 중국에서 살던.

나: 알지. 오랜만이네. 이쪽은 내 남편인데, 경찰이야. 나는 짭새 부인이고.


진우의 얼굴에 충격이 드러났다. 나는 조쉬의 팔짱을 끼고 그 자리에서 서둘러 걸어 나왔다. 한 달쯤 지났을까, 중국의 그 항구도시에 살 때 같은 서울 출신이라서 친하게 지내던 한국인 교민 여자 친구에게서 사회 소통망 페이스북으로 메시지가 왔다.

친구: 너 그 소식 들었어? 진우 걔 자살했대. 농약 마시고.

나는 그걸 보고 러시아인처럼 냉혹한 마음이 되었다. 나는 우리나라 사람들이 다치거나 죽거나 가난하면 너무나 가슴 아파서 남북한 시민들이 최대한 전쟁의 영향을 받지 않도록 나의 인생을 바쳐 왔다. 하지만 그 순간만은 그럼 감정이 생기지 않았다. 사실 옛날 고등학교 때 교민 남자애들이 진우와 그 교민 언니를 보고 "짭새"니 "짭새 부인"이라고 단체로 놀린 것은 진우의 잘못이 아닐 것이다. 한국 어느 시골의 농부인 진우의 부모는 얼마나 가슴이 찢어졌을까. 진우가 나보고 자기가 미국 교포라느니 미국 명문대에 갈 것이라느니 거짓말한 것도 지능이 많이 떨어져서였을 것이다. 하지만 나도 사춘기의 아주 여린 감성을 가진 소녀였고, 내가 죽을 뻔한 것도 사실이다. 진우의 죽음에 대해 냉혹한 마음을 가지고 있는 것에 대해 하늘이 나를 용서해 주기를 바란다.

다시 2011년~2012년도로 돌아와서. 나는 일 때문에 서울의 미군 부대에 거의 매일 들어갔다가, 일이 끝나면 조쉬가 내가 있는 장교의 사무실에 와서 나를 데리러 저녁 식사를 하러 가고는 했다. 다시 말하지만, 미국 본국에서는 한국에 가장 똑똑한 남자애들을 뽑아서 주한미군으로 보낸다. 그래서 우리는 말이 잘 통했다. 그런데, 동갑인 데다가, 내가 질투가 심해서 싸우기도 자주 싸웠다. 조쉬는 남자애가 키가 크고 체격이 좋았지만, 나는, 물론 미국이나 다른 서구 사람들이 예쁘게

봐줘도, 태어날 때부터 다리가 안짱다리인 데다가, 소화기관이 섬유화되어 보통 사람들보다 많이 무거워 등이 영구적으로 굽어 있다. 그래서 좀 자격지심 같은 게 있다. 한번은 그의 사회 소통망 페이지에서 그가 성적으로 문란한 중남미 여자와 같이 사진 찍은 것을 보게 되었다. 나는 질투를 참지 못해 최전방 사격수에 종합격투기 선수인 조쉬의 뺨을 한 대 때렸다. 그런데 그러고 나면 언제나 다음 날 조쉬가 먼저 숙이고 들어온다. 그 사진은 그 여자와 이성의 관계로 있던 것을 찍은 게 아니라, 미국 남부 국경에 침투해 들어온 마약상 잡은 모습을 동료가 찍은 것이라고 한다. 그 중남미 여자는 다리가 너무 곧고 예뻐서 내가 오해했던 것이다.

내가 조쉬와 자주 돌아다니자, 그것을 본 러시아인들의 눈이 뒤집어진다. 이러다가 미국인이 한국의 황제가 되고 자기들은 남한에서든 북한에서든 점령할 야망을 접고 물러나야 하는 것이다. 러시아군은 물리적으로는 미군의 상대가 안 된다. 무기도 더 최신이고, 주한미군 요원들의 개인 역량도 훨씬 더 뛰어나기 때문이다. 그래서 심리전 전술로, 주한미군의 경호를 받는 나를 공격하기 시작한다. 남한 매체와 전광판 등을 잘 이용했다. 이것도 꼭 고려인이 아니더라도, 한민족과 유전적으로 비슷한 우랄 계통 민족과 알타이 계통 민족인 러시아 요원들에게 한국어를 가르쳐, 광고를 몇 분 동안 내보낼 수 있도록 돈 내고 광고 자리를 산 것이다.

그러다가 하루는 내가 미군 부대에서 나의 단칸방 집으로 혼자서 걸어가는 길이었다. 그런데 모르는 번호에서 사진이 첨부된 문자 메시지가 온다. 러시아군이 보낸 것이었다. 열어보니, 그 사진에는 어떤 러시아 남자를 미군 군복을 입혀서 조쉬와 비슷하게 보이게 한 후, 옆에 어떤 키 크고 다리가 곧은 러시아 여자와 어두운 술집에서 팔짱을 끼고 있게 한 모습이 있었다. 그리고 밑에 이렇게 적혀 있었다. '네가 피터와 그 이태원의 식당에 있는 동안.' 나와 조쉬를 떼어 내려고 심리적 공격을 가한 것이다.

나는 그 사진을 본 순간 머릿속에 어마어마한 질투가 샘솟았다. 자세히 볼 생각도 안 하고 콘크리트로 된 인도에 핸드폰을 던졌다. 그리고 양손으로 머리를 부여잡고 비명을 질러 댔다. 약간 떨어진 곳에서 잠복 경호를 하던 미군 요원들이 달려오는데, 나는 분노를 건디지 못해 비명을 지르며 몇 발자국 그 자리에서 돌아다니다가, 발을 잘못 헛디뎌 차도로 넘어졌다. 차 하나가 지나가다가 끼익거리며 내 바로 옆에서 급정거를 했다. 미군 요원들이 도착해 나를 차도에서 인도로 끌어낸 다음, 잠복근무할 때 쓰는 승합차에 나를 태우고 미군 부대로 향했다.

요원1: 왜 그래요? 왜 자꾸 소리를 지르세요?

요원2: 이건 분명 심리적 공격 당하신 거야.

요원1: 누가 돌봐줘야 하는데. 아버지 전화번호가 어떻게 돼요? (그 당시 친부는 할머니가 나를 위해 매달 300만 원 생활비 보내는 것을 자

기 계좌로 빼돌리고 일주일에 10만 원씩 보내 주고 있었다고 현재 주한 미군이 추측한다)

요원2: 부대 안에 병원으로 가자. 아버지보고 병원으로 오라고 하고.

나: 아버지 없어. 그리고 나 미군 부대 안 갈래. (조쉬 보게 될까 봐)

요원1: 그럼 어떻게 할까요? 시켜만 주세요.


나는 멍하니 뒷좌석에 누워 있다가 생각을 했다. 2006년 대학 입학하고 학교 옆에 큰 병원이 하나 있어서 자주 갔는데, 거기에 나에게 교포 학생이라고 관심을 가져 주던 의사 선생님이 있었다. 2009년 독살당할 뻔할 때 응급실로 와서 내가 죽는 줄 알았다는 그 의사 선생님이었다. 그래서 나를 차도에서 끌어낸 두 미군 요원보고 그 대학병원으로 가서 응급실에 입원시켜 달라고 했다. 응급실에 가니 간호사들이 영양실조라며 링겔을 꽂아 주고 누워 있으라 한다. 몇 시간 후 그 의사 선생님이 온다. 밥맛이 없냐고 나한테 물어본다. 소화기관 섬유화는 아주 희귀한 질병이라서 나중에 그 분야 전문 의사한테서 들은 말인데, 그 병으로 인해 어려서부터 식욕이 없어서 할머니가 억지로 밥을 먹여 주셨어야 했던 것이라고 한다. 대학병원 의사 선생님은 또 묻는다. 혼자 살면 아버지가 먹고살 용돈은 얼마나 보내 주냐고. 내가 일주일에 10만 원이라고 했다. 잠시 후 그 의사 선생님은 다른 의사를 데리고 와서 이런다. "김율 환자, 눈에 초점이 없는 것 보이지? 이건 또 다른 일로 충격적인 일을 겪었다는 뜻이야. 이분 미국에서 유명한 외교

관인데 아마 관련된 일일 거야. 우리가 의사로서 최대한 보호해 드려
야 해. 입원시켜."

그렇게 나는 한 대학병원에 장기 입원이 되었다. 물론 시설은 좋았
고 할머니가 친부를 통해 병원비도 충분히 대주셨다. 그런데 의사들은
1년 동안 병원에서 나가지를 못하게 했다. 몸과 마음이 너무 약해져서
절대 안정을 취해야 한다는 것이다. 간호사들이 매일 세 끼 억지로 건
강식을 먹였고, 외교나 정치 이야기는 입에서 꺼내지 못하게 했다. "그
런 생각 하면 의사 선생님이 퇴원 안 시켜 줘요" 이런다. '아, 지금 러시
아인들이 북한에 들어와 시민들을 괴롭히고 있어서, 그들을 쫓아내고
북쪽 국경에 주한미군을 보내야 하는데. 러시아인들이 남한에서 심리
전 전술로 주한미군을 몰아내려고 하고 있는데.' 그런데 하얀 환자복
을 입고, 하얀 병실에서 한 달 동안 간호사들이 그런 생각을 못 하게
하니까, 정말 신경이 안 쓰이게 되었다. 그리고 앞으로 내 자신만을 위
해 어떻게 살아갈까만을 생각하게 되었다. 이 지긋지긋할 정도로 안전
하고 위생적인 병원에서 도대체 언제 퇴원할지만 내다보게 되었다.

2013년 드디어 의사 선생님은 나를 퇴원시켜 주었다. 그리고 나는
바로 옆 건물의 우리 대학 사무실로 갔다. 2009년 학점만 따놓고 졸업
신청을 보류했었다. 독극물 사건과 국외 추방 사건으로 인해. 당시 우
리 대학 교수님들이 내게 박사 학위 논문을 쓰게 해서 '입헌군주제와
국가복지론'라는 논문을 완성해서 제출을 했었는데, 교수님들이 너무
나 좋아하시며 박사 학위를 주자는 말을 하셨었다. 그런데, 우리 대학

은 크고 유명한 대학이라서, 그 유명세를 쫓아온 가짜 학생도 많고 가짜 교수도 많았다. 한 가짜 교수가 있었다. 나도 그 교수가 하는 강의 하나를 들어봤는데, 아마 대학만 간신히 졸업해 박사 학위는 없었던 것 같았다. 수업 시간에는 이런다. "돈에 관해 욕심 없는 사람은 바보다." 좀 돈 욕심이 있었던 사람이었다. 그 교수가 사무실에 유명세를 쫓아온 다른 직원을 매수해 나에게 졸업을 할 수 없다고 통지했었다. 그게 2010년이었는데, 나는 그 당시 정규 교육 과정 요건에 의하면 전공이 아닌 다른 강의 3개만 들으면 사실 졸업이 가능했었다. 그런데 그게 다 귀찮아서 보류하고 휴학 신청을 한 채 미국으로 이사를 간 것이었다.

1년 동안 지루한 병원 생활을 하면서, 나는 우선 '대학 졸업부터 하자'하고 마음먹고 대학 사무실에 가서 복학 신청과 졸업 신청을 한 후, 전공과 관계없는 강의 3개를 한 학기 동안 들었다. 의사 선생님이 신경 안정제를 먹게 해서 너무나 졸렸지만, 그래도 교수들과 다른 학생들과 학구적인 대화를 하며 생활할 수 있는 게 좋았다. 나를 좋아하던 유부남 캐나다인 교수도 나를 다시 보고 많이 기뻐해 줬다. 그러다가 나의 졸업 신청은 무사히 수리됐고, 나는 학사 학위를 받고 완전히 대학 생활을 마칠 수 있었다. 나는 미국의 법학대학원 공부를 다시 시작했고, 의사 선생님이 외교에 관한 생각을 못 하게 했지만, 아무래도 우리나라 영토에서 외교권이 있어야 한다는 생각이 든 경험이 있었다. 러시아인들과 있었던 일들, 주한미군의 위태로운 상황, 서구 외교관들과 외교관 지망생들과의 몇 년 동안 시간을 보내면서 느낀 바였다. 그래서 나는 외무고시 쪽으로 다시 관심을 돌렸다. 할머니가 보내주신 돈으로 한 학원에 등록해, 그곳에서 강의하는 다른 대학 교수님들 밑에서 국제법, 국제정치학, 국제경제학을 계속 연구했다.

할머니는 내가 병원 입원하면서 충격을 잡수시고, 나한테 돈을 많이 보내주라고 친부에게 6억을 보내 줬다고 한다. 친부는 추정컨대 그중 4억을 자기 계좌에 넣고 2억으로 그럭저럭 괜찮은 전셋집을 얻어 주었다. 어느 날 학원에서 집으로 돌아왔는데, 저녁 때 핸드폰으로 문자가 왔다. 몇 년 전 함께 일하던 주한미군 장교였다. 그동안 어떻게 돼서 연락이 안 됐냐고, 많이 걱정했다고 한다. 나도 반가워서 그더러 같이 커피 마시러 만나자고 해서, 미군 부대와 나의 전셋집 사이에 있는 한 커피 전문점으로 갔다. 그 장교는 두 명의 다른 장교를 데리고 나왔는데, 그중 하나는, 내가 2년 전 찻길에 넘어졌을 때 경호를 맡고 있던 장교한테서, 내가 대학병원에 입원했다는 보고를 받았다는 이야기를 들었다고 말한다. 그래서 어떻게 일이 진행될지 몰라, 매일 미군 요원들을 병원에 보내 지켜 주게 했다고 한다. 아, 외국인 환자들이 그래서 많았구나. 나는 그때 깨달았다.

나는 그들에게 내가 왜 2년 동안 연락이 끊길 수밖에 없었던 이유를 설명해 줬다. 병원에 입원했는데, 의사 선생님이 정치나 외교에 관한 생각을 못 하게 했다고. 그러다가 대학 졸업을 위해 1학기 더 다녔는데, 매일 약 때문에 졸린 상태이거나 도서관에서 공부를 하느라 다른

데 신경 쓸 수 없었다고 그들에게 얘기해줬다. 장교들은 내 이야기를 들으며 눈물을 닦느라 정신이 없다. 우리들은 두 시간 이야기했고, 그들은 내 집 앞까지 데려다주었다. 우리는 신경 쓰지 말고, 국가는 신경 쓰지 말고, 마음 편하게 지내라고 그들은 내게 말한다. 한 3일 뒤, 그중 한 장교에게서 전화가 왔다. 미군 부대 근처에서 부동산업을 하는 한 남한 중개업자가 있는데, 미군 요원들 집 얻어주거나 미군들이 좋아하는 한식 식당을 경영하는 등 주한미군 사람들과 친하게 지내는 남한 사람들과, 미군 요원들을 많이 초대해, 명동의 한 오래되고 호화로운 호텔에서 '한미 우호 증진의 밤'이라는 행사를 한다고 한다. 예쁘게 차려입고 나오라고 한다. 그때 나는, 할머니가 돈을 더 많이 보내주신 덕분에 친부가 매주 10만 원 보내 주는 것을 15만 원으로 올려 줘서, 예쁜 귀걸이와 화장품을 사서 하나밖에 없는 정장을 입고 행사에 나갔다.

나는 그날 나의 팬이 되어 주시는 남한 분들을 많이 만날 수 있었다. 미군 부대 근처 사는 사람들은, 미군 사람들이 러시아군이나 중국군과 달리 다들 예절이 바르고 겸손해서 다들 좋아한다. 그들은 입헌군주제가 아주 좋은 방안이라고 한다. 그 행사에는 젊은 미군 요원들부터 퇴역해서도 한국에 눌러사는 고위 장교들까지 여러 계급의 미군 사람들이 초대되었다. 주한미군 사람들은, 내가 2년 동안 활동을 안 해도, 나를 황태녀로 기억하고 있었고 한반도 입헌군주제에 맹목적으로 충성하고 있었다. 그들은 나를 보며 다들 엄중하게 고개를 숙이며 인사했다.

곧, 내가 본 적이 없는 한 미군 장교가 내게 다가왔다. 미국에서는 드문 미남으로 여겨지는 이탈리아 민족의 남자였다(미국은 여러 민족이 이민 온 사람들이 모여있는 나라다.). 나는 그렇게 잘생긴 남자를 본 적이 없어 신기한 눈으로 그를 쳐다보았다. 군인 치고도 건장한 체격에, 세련된 매너를 가지고 있었고, 육군 정복이 잘 어울렸으며, 비단 같은 검은 머리를 가지고 있었다. 그는 내게 다가와 고개를 숙였는데, 나는 그 모습을 보고 촌스럽게 본심이 입에서 튀어나왔다. "우와, 잘생겼다."

그 말을 들은 검은 머리 장교는 갑자기 크게 놀라는 표정을 지었다. 그때 나와 친하게 지내던 한 장교가 다가와서 그를 내게 소개시켜 줬다.

친한 장교: 이 친구는 이번에 한국에 도착해서 일하게 된 M장교입니다.
M장교: 폐하. (이탈리아 식으로 나의 손등에 입을 맞추며 고개를 숙임.)

M장교는 검은 보석 같은 두 눈으로 나를 바라보았는데, 내게 뭔가 애원하는 듯한, 하고 싶은 말이 많은 듯한 표정이었다. 그렇게 한참 서 있더니, 저쪽으로 가 버린다.

나: 저 장교는 젊은 사람이 왜 저렇게 별이 많아?
친한 장교: 아, 저 장교 군사 전략가랍니다. 이라크에서 적군에게 상

당히 타격을 입었죠.

나: 어? 나도 전략가인데! 오바마 대통령을 위한.

친한 장교: 그러게요. 두 분 다 전략가시네요.


나는 행사 내내 가끔씩 고개를 돌려 연회장에서 그 검은 머리 장교를 찾아보았다. 그는 계속 내 쪽을 쳐다보고 있었고, 나한테 와서 말을 걸고 싶어 하는 표정을 지었다. 나도 그가 와서 말을 걸어 주기를 바랐으나, 행사가 끝날 때까지 그는 다시 내 곁으로 다가오지 않았다. 집에 가기 전에 연회장을 둘러봤을 때는 그가 어디로 갔는지 보이지 않았다. 실망한 마음을 접고 집에 왔는데, 다음 날 학원에서 오전 수업을 듣는데, 모르는 번호에서 문자가 왔다.


M장교: 안녕하세요. 어제 행사에서 만나 뵌 M장교입니다. (그 친한 장교에게서)번호를 알아내 문자를 드립니다. 지금 어디세요?


나는 그 문자를 받고 너무나 기쁘고, 난생처음으로 남자 때문에 심장이 두근거렸다. 그는 자주 학원 수업이 끝나는 시간 내게 찾아와서, 나를 데리고 분위기 있는 레스토랑이나 카페 등에 데리고 가 주었다. 그리고 그는 청계천 등 서울의 아름다운 곳을 찾아내 나를 데리고 가 주어, 우리는 손까지 잡으며 낭만적인 시간을 보냈다. 몇 년 전 대학교 때, 의선 선배가 내 친구 지순이에게 물질적으로 감정적으로 너무나 잘해줘서 부러워했었는데, M장교는 내게 그런 연애 관계를 선사해 주었다. 꿈이 이루어진 것이다. 그는 집안이 부유한 데다가, 문화적으로 이탈리아 남자들은 낭만을 선호한다고 한다. 그리고 그가 얘기해 주길, 스페인과 이탈리아 같은 역사가 깊은 남유럽의 똑똑한 남성들은, 자기 능력으로 성공을 하여 신분이 높은 남자의 (손녀)딸과 결혼하는 것에 대해 일종의 낭만적인 동경이 있다고 한다. 자기도 나와 있으며 꿈이 이뤄졌다고 한다. 2주 뒤 그는 내게 결혼해 달라고 프러포즈를 했고, 나는 기쁘게 승낙했다.

나중에 그가 내게 얘기해 줬는데, 우리가 처음 만난 날 그가 놀랐던 이유는, 사실 그가 미국 어느 국방부 지부에서 근무할 때 나를 방송에서 보고, 나와 만나기 위해 한국으로 지원해서 그랬다고 한다. 혹시나 주한미군으로 가 있으면, 나를 만나지 않을까 생각했다고 한다. 남자 친구가 있으면 빼앗아 와서 자기와 결혼할 때까지 쫓아다니려고 했었다고 한다. 그런데 내가 처음 그를 보자마자 "우와, 잘생겼다" 하니까 그는 그렇게 힘들게 쫓아다닐 필요가 없어져 그게 예상 밖이라서 놀랐다고 한다. 미국에서 내가 오바마 대통령의 재선과 미국 외교정책에 대해 연설하는 모습을 방송에서 봤는데, 차분한 논조를 들으니, 갑자기 마음이 편해졌다고 한다. 원래 자기는 속에 화가 많은 사람이라고 한다. 몇 년 전, 그는 부잣집 아들이라는 이유로, 자기가 싫어하는 여자한테 강제로 결혼 당했다. 그녀는 너무나 무식하고 그의 돈만 노리고 있었으므로, 그는 그녀가 바람피웠을 때 나중에 이혼할 때 쓰려고 증거 자료를 준비했다고 한다. 그리고 그녀를 피해 전쟁터를 찾아 전 세계를 돌아다녔다고 한다.

원래 미국 등 서구 여성들은, 순한 성격이면 머리가 안 좋고, 머리가 좋으면 남자를 언제나 비판하고 그를 바꾸려고 하는 등 성격이 괄괄하다. 그런데 나를 방송에서 보고 머리가 좋으면서도 온순한 성격이라서 참 신기하다고 생각했다고 한다. 그래서 퇴근하고도 매일 국방부 사무실에 앉아 내가 방송에 나온 것을 녹화하여 돌려보고는 했다고 한다. 그렇게 며칠을 보다가, 결국 나를 찾아 나서서 서울로 지원했다. 국방부 사람들은 그렇게 여성을 괴롭히면 못쓴다고 다들 말렸다고 한다. 그리고 그는 한국에 도착한 후 본국에 이혼 소송을 걸어서 법원의 승낙을 받았다고 한다. 내가 "나는 못생기고 가난한 데다가, 자기 상관인데, 여자로 보이느냐?" 하니까, 그가 웃으며 대답한다. 내가 서구 기준으로는 너무 예뻐서 사실 조금 주저했다고 한다. 남자 관계가 복잡할 것이므로. 그는 똑똑한 사람들만 모여 있는 미 국방부 요원들 사이에서도 똑똑하다고 소문난 이라서, 제대로 나에 대해 파악한 것이다. 하지만 그는 나와 너무나 서로 맞는 점이 많았고, 애인으로서 남편으로서 나를 언제나 돌보아 주고 아껴 주어서, 나는 그이 외에 다른 남자 생각을 한 적이 없고, 우리는 오늘날까지도 행복한 결혼을 유지하고 있다.

그게 2014년이었는데, 그때 이후로 모든 것이 풀려나가기 시작했다. 2015년 북한 관료들과 다시 연락이 되었는데, 그사이 러시아군과 중국군이 북한에 들어와 북한 사람들이 많이 죽임을 당했다고 한다.

나는 부군에게(역사적으로 신라 시대 여왕의 남편을 부군이라고 불렀다고 한다) 총 통수권을 일임하여, 그로 하여금 남한 전국의 모든 주한미군을 끌고 북한에 들어가도록 했다. 북한 관료들과 시민들은 그들을 38선에서 기쁘게 맞아주었고, 주한미군 사람들은 북한 시민들을 괴롭히던 러시아군과 중국군을 다 죽여 버리고 38선의 병력을 한반도 북방 국경으로 밀어 올렸다. 남한의 외교관들이 국제법으로 남북한과 주한미군을 대한제국의 황제 소속으로 등록해, 공식적으로 한국전쟁이 끝나고 통일이 되었다.

미국 본국의 국방부에는 1920년대에서 1930년대생이신 6.25 참전용사들이 오랫동안 고위 장교로 근무하다가 퇴직하면서도 자문 역할을 하시는 분들이 많다. 주한미군이 그런 분들에게 한국 상황에 대해 보고하자, 참전용사분들은 UN군과 미국 본국의 병력을 움직여 베이징과 그들의 여름 별장이 있는 (내가 1년 살다 온)항구도시를 점령하고 중국의 3000~4000 수뇌들을 국제사법재판소로 연행하였다. 국제사법재판소는 2016년부터 2025년 지금까지 중국 군인들의 재판과 사형을 진행하고 있다. 조금 오래 걸린다. 워낙 대가리 수가 많아서.

러시아군 수뇌는, 미국 본국의 병력이 모스크바와 그들의 졸개들이 있는 러시아의 모든 도시에 침투해서 화학 무기를 살포하여 사살시켰다. 60년 넘게 남북한의 시민들을 괴롭힌 대가다. 거기에 여제를 괴롭힌 데 대한 괘씸죄까지 포함시켜 아주 고통스러운 무기를 사용했다고 한다. 서구 언론에서는, 다들 잘 모르고, 남북한 시민들에 대해 전쟁을 일으킨 사악한 우두머리가 푸틴이라고 묘사하는데, 이건 사실 부정확한 정보다. 중국인들 사이에도 덜 사악한 '소수의 양심적인 중국인'들이 있듯이, 러시아군 수뇌들 중 30~40명 중 하나가 그나마 덜 사악하고 러시아의 사회주의 복지 시스템을 이끌어 가는 사람들이 있는데, 그중 하나가 바로 뉴스의 국제란에 뜨는 블라디미르 푸틴 러시아 대통령이다.

2014년 주한미군의 경호가 강화되기 전 서울에서, 선한 표정의 러시아 군인 두 명이 내게 다가온 적이 있다. 그들이 말하길 자신들은 푸틴 대통령이 보낸 것이며, 대통령이 나에게 결혼을 해 달라고 부탁한다고 한다. 나는 그때 사악한 러시아인들 때문에 염려할 일들이 너무 많아 거기에 신경 쓸 여유가 없어서, 아무 대꾸 없이 그 자리를 피했다. 얼마 후 세계 뉴스에 푸틴이 당시 부인과 이혼하고 87년생의, 자기보다 35살 젊은 여성(나)과 결혼할 예정이라고 뜬다. 그리고는 자기 딸이 (자신이 한국 여성과 결혼하듯)한국 남자와 결혼해서 기쁘다고도 뉴스에 뜬다. 푸틴은 사악한 러시아군 수뇌들과 달리 남북한의 자유와 독립을 외치고 다녔고, 그 이유로 얼마 후 러시아군 수뇌들에게 독살당하였다. 지금 뉴스에 보이는 푸틴은 푸틴을 닮은 배우 혹은 컴퓨터로 영상이 조작된 것이다.

나를 끈질기게 괴롭히던 이태원의 피터 역시, 2015년 나를 도와주던 S소령의 지휘하의 주한미군 저격수들에 의하여 사살되었다. 나는 그날 남산 공원에서 부군과 산책하고 있었는데(부군은 나의 건강을 세심

하게 챙겨 주는데, 약간의 등산이 건강에 좋다고 나를 데리고 나갔다),
피터가 따라와 남산 숲의 나무에 불을 지르고 있었다고 한다. 산불로
번졌으면 우리나라의 귀한 시민들이 다칠 뻔했다.

나의 대학교 남자 친구이자 국토안보부 요원 행세를 하며 나의 국외
추방 문제를 해결해 주었던 조쉬는 2012년 내가 장기 입원하면서 연락
이 끊겼다가 2015년 마지막으로 인터넷 사회 소통망인 페이스북으로
연락이 왔다. 나보고 결혼한다는 소문 들었다고, 축하한다고 한다. 자
기는 나와 결혼하는 데에 미련을 버렸고, 이제는 잘 지내고 있으니 걱
정 말라고 한다.

평생 나를 정서적으로 금전적으로 학대하던 친부와 친모에 대해서
는, 2016년 미군 장교들이 나의 전셋집에 몰래카메라를 설치하여 그들
이 돈을 노리고 나를 학대하는 모습을 녹화해 놓은 것을 남한 판사님
들한테 제출하여 그분들에게 알려지게 되었다. 판사님들이 보낸 법조
인들에 따르면, 친부와 친모는 당시 나의 서울 자취방에 짐 싸 들고 와
들러붙어 앉아 온갖 악덕 행위를 하고 있었다. 불법 매실 엑기스 장사
를 한다고 나의 작은 전셋집에 매실 엑기스 병을 무더기로 쌓아놓아
벌레가 들끓었다. 홍콩에 그들과 같이 살 때 나와 다른 그들의 위생 수
준 때문에 나는 마음고생이 심했는데, 대학 졸업하고 한국까지 따라와
서 똑같이 한다. 그 둘은 독실한 불교 신앙생활을 했다. 진짜 마음을
수행하고 덕을 베푸는 불교 신자는 아니고, 그들이 섬기는 무당들이
부처님상을 모시자 거기에 연장되는 신앙생활을 하는 것이다. 내가 동

네 병원에 갔다는 것을 알자 돈 쓴다고, 빨리 죽지 않고 뭐하냐고 소리를 지른다는 생각이 든 적도 있다.

하루는 미군 요원들이 그들을 붙잡아 그들이 알아듣게끔 경고를 했다고 한다. 그날도 친부와 친모는 마음대로 눌러앉아 돈 벌어오라며 온갖 폭언을 일삼으며 나를 숨도 못 쉬게 하는 것 같았는데, 경고를 받고 저녁때 집에 와서 도망갈 힘을 비축하려는 듯 국밥을 우걱우걱 입에 쑤셔 넣은 후, 짐을 싸서 홍콩으로 뜰 계획으로 공항으로 서둘러 간다는 생각이 들었다. 판사님들이 보낸 형사들이 그들을 제시간에 체포하여, 지금은 인천의 어느 섬에 흉악범들을 모아놓은 교도소에 수감되어 있다고 누군가 내게 말해 주었다. 우리나라에서는 매운 드문 사례라 사건 번호도 없다. 판사님들은 검사들을 동원해 나와 동생들에게 돌아갔어야 할 몫의 재산을 친부와 친모의 은행 계좌에서 우리에게 이전시키는 작업을 여러 해 동안 진행 중이다.

나의 건강 문제도 이제 거의 다 해결되었다. 나의 친모가 나를 임신했을 때 나를 많이 구박하고 돌보지 않아 여러 가지 문제가 많았다는 의사들의 의견이 있는데, 우리나라 의술의 발달로 이제는 고칠 수 있다고 한다. 무릎이 약해서 안짱다리가 된 나의 두 다리는, 무릎질환을 완전히 고쳐서, 아주 곧고 예쁜 다리가 되었다. 자궁이 기형으로 발달되고 많이 약한 데다가, 소화기관 섬유화로 인해 많은 압력이 가해져서, 매달 여러 일 동안 지속되는 극심한 복통도 이 분야를 많이 연구한 전문의를 만나서 80% 정도 다 나았다. 나의 경호를 해주는 주한미군 여군 언니들은 아예 매월 복통이 없다고 한다. 나도 이제 그렇게 되는 게 목표다. 그리고 소화기관의 섬유화도 80% 정도 나아간다. 이것도 세계 최고의 전문의가 우리나라에 있어 매주 치료를 받고 있다. 서구 국가들 사이에 남북한은 의학이 발달된 것으로 알려져 있는데, 맞는 말이다. 요즘 그래서 우리나라로 의료 관광 많이 온다. 앞으로 나는 100% 건강해져서 대학원도 가고, 재산도 물려받고, 외교적으로 정치적으로 하고 싶은 일 다 하면서(인천 바닷가에 본궁을 지어 시민들과 남북한 관료분들을 초대하는 등), 부군과 행복하게 살 일만 남았다.

## 5) 후계자 문제

나는 위에서 말했다시피, 자궁이 기형이라 아이를 낳을 수 없다. 하지만 다행히도 아주 정통성 있는 후계자가 있다. 나의 외할아버지와 외할머니는 아들 하나와 딸 여섯을 두었다. 할머니 말씀으로는 딸 하나가 공무원이 되기는 했지만, 다들 학구적인 분야에는 관심이 없었고, 나의 친모를 포함한 몇몇은 할아버지가 보기에 인격적으로까지 문제가 있어서 후계자 후보에 들지 못했다고 한다. 나의 외삼촌인 아들도 9급 공무원 시험에 합격해 지금은 5급까지 올라가 있는데, 내가 모르는 이유로 후계자가 되지 못했다. 이 아들에게는 아들이 하나 있는데, 이 사촌 동생은 학구적인 자질이 아예 없을 뿐만 아니라, 다른 사람에 대한 공감 능력이 떨어지고 돈밖에 모른다는 말을 들었다. 한번은 소년 범죄자들을 위한 재활 프로그램까지 이수하고 와서 거기서 배운 듯 어색하게 친척들에게 먹을 것을 나눠주는 것 같다고 내가 생각한 적이 있다. 내가 자세히 관찰해 보니, 돈을 노리고 칼 같은 것으로 다른 학생들을 위협하다가 몰래카메라로 걸렸을 것이라는 추측까지 해본다. 할머니 말씀으로는 이 아이가 집안의 제사를 지내야 하는데 할머니 말씀은 코빼기도 듣지 않아, 그것은 이제 포기해야 할 것 같고, 할아버지가 생전에 가업을 나에게 물려줘서 천만다행이라고 자주 그러신다.

나는 나의 할아버지와 할머니의 둘째 딸의 첫째 딸인데, 이분들의 막내딸인 여섯째 딸이 2004년 아들을 하나 낳아서, 나를 당신 댁에 데리고 와서 키우듯 이 외손자도 데리고 와서 키우기 시작하셨다. 내가 신라 시대처럼 17살에 결혼했으면 나에게는 아들이라고 해도 될 나이다. 할아버지의 막내딸인 나의 막내 이모는, 나의 친모에 대해 내가 생각했듯이 범죄적 싸이코는 아니고, 서울의 한 개신교 교회를 열심히 다니는, 뭐든지 과학이나 논리가 아닌 신앙으로 귀결되는, 열성적인 신도다. 물론 나쁜 사람은 아니지만, 할아버지 입장으로서는 정치학을 이해할 후계자가 필요했기 때문에 후계자 자리에서 밀려났다는 말을 들었다. 그런데 이 막내딸의 아들을 할아버지가 데리고 와서 격대교육을 받을 두 번째 손주로 삼으신 것이다. 이 정도면 이 외손자는 나의 후계자가 될 자격이 충분히 있다고 나는 생각한다.

'찬이'라는 별명을 가진 이 아이는 할머니 댁에 살면서 사촌 누나인 나와 친하게 지냈다. 2008년 내가 대학 근처의 오피스텔로 들어가자, 할머니 댁의 내 방을 차지하게 되었다. 찬이는 너무 귀엽고 똑똑했다. 특히 어렸을 때는 찬이가 나에게 너무나 잘해 주신 할아버지와 똑같이 생겼었다. 할아버지는 조선 후기의 학자들처럼 서예를 잘 하셨는데, 찬이는 할아버지의 머리를 물려받은 듯 그림도 곧잘 잘 그리고, 내가 영어를 가르쳐줘도 빨리 습득했다. 그리고, 할아버지가 돌아가시기 전에, 그분이 나에게 했듯 찬이에게 정치적 리더의 마인드를 주입시키신 것 같다. 찬이가 초등학교 1학년 때, 한 친구가 학교 동상 밑에 폭탄이 있다는 엉뚱한 말을 했다고 한다. 그때 찬이는 용감하게 담임 선생님에게 가서 교장 선생님 사무실에 데려가달라고 얘기했다고 한다. 찬이는 교장 선생님에게 이렇게 말했다. "학교 동상 밑에 폭탄이 있다는 소문이 있어요! 사람들이 다치기 전에 빨리 가서 확인해 봐야 해요!" 교장 선생님이 그 말을 듣고 동상에 가서 확인해 보니 폭탄은 없었다고 한다.

그게 초등학교 1학년의 행동인가. 나는 그 이야기를 듣고, '아, 할아버지가 군주의 마인드를 찬이에게 주입시키셨구나'라는 생각이 들었다. 그 정도면 대한제국의 황제의 자격으로는 충분하다고 생각한다. 2025년 요즘, 주한미군에서 한반도 북방 국경에 보내는 젊고 강한 친구들을 가끔 나의 경호를 위해 섞어서 보내 주는데, 그런 친구들을 보면 지금 22살인 우리 찬이와 눈빛이며 언행 등 분위기가 똑같다. 이는 찬이가 훌륭한 군인이 될 것이라는 징조다. 지금은 서울의 한 대학에서 공부하는 행정학 전공의 학생이지만, 나와 주한미군 장교들이 찬이

를 잘 가르치면, 20년 내지 30년쯤 후 나의 전시작전통제권을 물려줘
도 될 것이다. 그때쯤이면 남북한의 경제도 1인당 60,000달러가 되어
튼튼한 경제를 물려줄 수 있을 것 같다. 우리의 할아버지는 군인이셨
는데, 1910~1940년대에 서구에서 유학 갔다 온 경제학자들을 자문으
로 두고 경제를 이끌었다. 나는 무기 같은 것은 전혀 모르지만, 직접
국제경제학을 연구해서 경제 자문이 따로 없다. 찬이 때에 가서는 수
출정책결정권이 어떻게 될지는 모르지만, 할아버지 때처럼 경제 자문
을 두어도 충분히 나라가 굴러간다.

현재 할아버지가 수행하시던 군사적 임무는 나의 남편이자 할아버
지의 손녀사위인 부군이 총책임자로 있다(주한미군 사람들은 그를
"부군 폐하[Your Majesty]"라고 부른다.). 찬이는 무술도 잘 하고 무기
도 잘 쓰는 데다가 리더십이 강해서, 황제의 자리를 물려받으면 할아
버지 때처럼 다시 직접 주한미군을 이끌고 남북한 군대도 총책임자로
감독할 수 있을 것이다. 베이징과 모스크바에 데리고 가서 할아버지
대에서 나 때까지의 전쟁사를 가르치고, 워싱턴과 브뤼셀에 가서 서구
국가들과의 동맹에 대해 가르쳐주면, 대한제국의 주권을 대표하여 외
교권을 나에 이어 훌륭히 수행해 나갈 수 있을 것이다.


## 6) 행정상 외교관 등록의 필요성


나는 위에 언급한 것처럼 경제 사정이 어렵다. 군주로서 관료들에

게 돈 문제로 호소하는 것은, 사실 보기 좋은 일은 아니다. 하지만, 2016년 친부 친모가 체포된 후, 판사님들이 검사들로 하여금 나에게 돌아왔어야 할 몫의 돈을 나에게 이전시키는 작업이 2025년까지 진행되고 있는데, 언제 완성이 될지 몰라서, 능력 있는 분들에게 상의를 하는 게 좋을 것 같다는 생각이 든다. 하도 내 사정이 급해서, 미군 장교 3명이 친부의 계좌를 해킹해서 급한 돈부터 보내 주고 있다. 하지만 이들은 군인이지, 은행 전문가가 아니라서, 돈 보내는 능력이 많이 딸린다. 그들은 그들이 원하는 만큼 내가 풍족할 만큼 보낼 수 없어 몇 년째 발만 동동 구르고 있다. 그래도 그들은 나에게 현금 1주일에 20만 원, 한 달에 병원비 23만 원은 보내 줄 수 있다. 우리나라 복지 공무원들에 의하면 그것은 보통 사람이 살아가기 위해서는 아주 적은 금액이고, 부모님이 소득이 많아 복지 수당을 신청할 수 없다고 한다. 일자리를 구하려고 해도 병원 치료 때문에 몸이 많이 힘들고 식사와 수면 시간의 제한 요건 때문에 어떻게 돈을 구할 방도가 없다.

거기에다가, 나는 두 번이나 경찰과 검찰에 불려 가 취조를 받았다. 첫 번째는 2007년 러시아인 피터가 나를 이태원 파출소에 데려가 내가 자기를 스토킹했다며 국외 추방 명령을 내린 것이다. 두 번째는 2019년쯤이었다. 나는 몇 년째, 외교정책 분석을 해 주는 대가로 미 국방부에서 많은 보수를 받고 있었는데, 미 국방부에서는 국방부 직원인 나의 남편에게 돈을 보내 주었다. 남편은, 친부 친모가 인천 교도소로 들어간 후, 나와 그가 받는 보수를 나의 은행 계좌로 보내 주고 있었다.

어느 날 용산 경찰서에서 전화가 왔다. 지금 남편에게서 받는 돈이 사기로 번 돈이라며 나는 그걸 받았으니 사기 방조범이라는 것이다. 용산 경찰서에 가서 형사라는 사람한테 취조를 받았다. 진짜 형사는 법 조항 배운 것을 응용해서 분석적인 언어를 사용하는데, 이 가짜 형사는 자기가 PC방에서 검색한 것을 그대로 읊조린다. "민법은 재산 등 개인 간에 관계를 규율하는 법률입니다. 형법은 범죄와 형벌을 규정하는 법률입니다." 이런다. 아마 이 자는 고등학교 간신히 졸업하고 백수로 지내다가 법을 어기고 경찰의 취조를 받아 검찰에 송치됐었는데, 그런 사회와 정부에 대한 울분을 고위 공무원인 나에게 형사 행세를 하며 표출시킨 것 같다. 그는 진짜 형사처럼 나를 취조하더니, 경찰서 컴퓨터로 나를 검찰에 송치처리시켰다.

몇 달 후 검찰청에 불려 가 수사관하고 검사님 한 분에게 조사를 받았다. 그들은 내 말을 믿어주었으나, 여성 수사관 되신 분은 나더러 "누군가 나를 악질적으로 노리고 신고한 것 같으니, 남편에게서 돈 받는 것을 조심하라"라고 일러 주신다. 검사님은 몇 주 후 나를 기소유예 처분을 내려 주었다. 기소유예란 죄를 인정하는 것이기 때문에, 남편에게 돈 받는 일을 반복하는 것은 이제는 불법이 된다. 주한미군과 미 국방부 사람들은 크게 당황했다. 아무리 똑똑한 장교가 나서서 내 돈 문제를 고쳐주려고 해도 돈에 관해서는 다들 능력이 많이 떨어져서 다들 몇 년째 마음고생이 심하다. 절박한 심정으로 내가 남한 외교관 한 분과 상의한 적 있었는데, 그분도 어떻게 할지 몰라 죄송하다고 했다.

이 책을 읽으시는 분들 중 인사혁신처에 권한을 가지신 분들도 계시므로 다음과 같은 부분에서 나를 도와주시면, 크게 도움이 되어주실 것 같고, 나를 도와주려는 주위 사람들을 많이 안심시켜 주실 것 같다.

1. 국내 행정상 군주 아니면 외교관으로 컴퓨터에 등록해 주시는 것이다. 외교관이나 군주임을 표시시키는 여권과 신분증 같은 것도 발급해 주시면 크게 도움이 되어 주시는 것이다. 이 세상에는 남한 법을 악용하여 나를 무고하게 범죄자로 신고하려는 사람들이 많다. 나의 지위 때문이다. 나는 나의 지위를 이용해 평생 시민들과 국가를 일하며 목숨까지 내놓고 살아왔다. 남한 행정 컴퓨터와 신분증을 통해 국내법 면책특권을 인정해 주면, 또 가짜 경찰에 불려 가는 일이 있어도, 주변의 좋은 경찰관분들이 나를 풀어 줄 것이다.

2. 나를 우리나라 행정상 정책직 외교관으로 등록해 100만 원이라도 월급을 보내 주시는 것이다. 나는 하루에 4~5시간 외교정책, 수출정책 분석을 하는 작업을 하는데, 건강 문제가 많아서 다른 일을 구할 수 없을 뿐만 아니라, 워낙 책임이 많은 일이라 그걸 멈추고 다른 돈 버는 직업을 구할 수가 없다. 판사님들이 친부모의 재산을 나에게 넘겨 주는 작업을 하고 있지만 몇 년째 아주 오래 걸리고 있고, 내가 살아갈 수 있게 미군 장교들이 아무리 노력해도 돈을 조금밖에 못 보내 주고 있다. 그 작업이 성공적으로 마무리될 때까지만이라도 월급을 보내 주시면, 크게 숨통이 트일 것이다.

이렇게 남한 관료분들이 나를 도와주시면, 나와 내 남편, 그리고 나의 가족 같은 주한미군 장교들에게 크게 도움이 될 것이다. 특히 내 남편이 나의 상황 때문에 마음고생이 몇 년 동안 심하다. 내가 그를 달래며, 권한이 많은 남한 관료 분들께 사정을 설명하고 도움을 부탁해 볼 것이라고 약속해서 이렇게나마 써 본다. 물론 나는 나의 행정상 특권을 악의적으로 이용하지 않을 것이다. 다만 나의 몇 가지 힘든 문제를 해결할 수 있을 것이며, 편한 마음으로 나의 임무를 계속 수행할 수 있을 것이다.

## 7) 현대 대한제국의 입헌군주제에서 절대왕정제로의 전환에 대한 문제

2025년도 현재, 우리나라의 경제 발전을 지켜보고 계시는 많은 분들이 국가의 이익을 위해 절대왕정제로 돌아가자는 주장을 많이 하신다. 나의 여러 가지 국가 경제 정책에 흡족해하시며, 나의 국제경제학 연구를 높게 평가해 주시는 학식이 높은 분들이시다. 그런 말씀 하시는 것을 언론에서 볼 때마다 나는 마음 깊이 감사하는 마음을 가진다. 하지만 크게 3가지 이유로, 남북한 - 특히 남한에서 - 절대왕정제로 돌아가지 않고 입헌군주제를 유지해야 한다고 나는 굳게 믿고 있다.

북한은 최근에 전쟁을 겪은 후 내게 전시저작권(OPCON) 있고, 전쟁 때문에 경제가 완전히 바닥이 나서 긴급한 상황으로 인해 경제정책 결정권을 북한 원로들이 나에게 주었기 때문에, 상황이 조금 다르다. 지금은 북한 경제가 안정적인 궤도에 진입해서, 북한 시민들이 덕과 학식이 높은 자들을 원로로 추대해 그 원로들이 행정권, 사법권, 입법권을 행사하고 있고, 수출정책결정권만 아직 내게 남아 있다. 현대 유럽의 작은 나라들 중에 이렇게 입헌군주제지만, 남한으로 치면 종신적으로 여러 명이 대통령을 하는 실질적으로 과두제(oligarchy)인 나라가 2~3군데 있다. 현대 북한 상황에 알맞고 시민들도 만족해하는, 아주 능률적인 정치 구조다.

남한이 절대왕정제로 돌아가지 않아야 할 첫 번째 이유는 사회·경제적인 이유다. 입헌군주제는 남한의 여러 가지 정치적, 경제적, 사회적 요소를 고려해 내가 내놓은 구상이었다. 절대왕정제와 입헌군주제는 군주가 있다는 점은 같지만, 하나는 민주주의고 다른 하나는 비(非)민주주의인데, 이 민주주의 요소가 워낙 방대하고 복잡한 제도이기 때문에, 절대왕정제와 입헌군주제는 사실 크게 다른 제도일 수밖에 없다. 한 나라가 입헌군주제인지 절대왕정제인지는 국왕의 여러 권한과 의사 결정 과정 등 여러 가지 요소에 따라 분류가 되는데, 내가 2009년 〈입헌군주제와 국가복지론〉을 쓸 때는 어떤 나라가 현대의 절대왕정제인지 참고할 때 한 학자만 참조했다. 그 학자는, 현대에는 군주가 있는 나라 중 43 나라는 입헌군주제이고 사우디아라비아 1 나라만 절대왕정제로 구분했다. 지금 인터넷에 보니, 다른 학자들은 절대왕정제에 오만과 브루나이도 넣는 등 견해가 여럿이다. 현대의 절대왕정제인 사우디아라비아는 시민들의 투표권이 지방 정부에만으로 한정되어 있고, 정당 창당이 없으며, 집회가 금지되어 있다. 중국처럼 반정부 발언

한다고 잡아서 고문하는 것은 아니고, 그냥 국왕이 추천제 같은 것으로 모든 장관과 행정부, 사법부, 입법부 관료들을 임명한다. 내가 보기에는 사우디 관료들은 그냥 다들 한국 기준으로 사우디 시민들을 위해 일하는 선량하고 점잖은 사람들처럼 보인다. 경제적으로 힘들거나 행정적 문제가 생기면 관료들을 통해 국왕에게 탄원을 해서 문제를 해결하는 구조다.

남한의 입헌군주제는 현재 민주주의의 여러 가지 요소들을 강화하기 위해 내가 대안을 내놓은 것이다. 집회 문화를 시민들에게나 관료들에게도 안전하게 보호하고, 시민들의 정치참여 욕구를 자유롭게 표출하도록 정당 창당과 투표 문화를 철저히 지켜 주는 것이다. 그리고 남한 시민들의 경제권을 최대한 촉진하기 위해, 기업인들과, 근로자들과, 소비자들의 여러 니즈(needs)를 해결하기 위해 현재의 민주주의를 유지하는 게 맞고, 그러기 위해 입헌군주제를 유지하는 게 시민들에게 제일 유리하다. 물리학적인 비유를 하자면, 절대왕정제는 나무막대기와 같고 입헌군주제는 고무막대기와 같다. 절대왕정제가 군주에게 더 많은 권한을 주어 더 강해 보이지만, 입헌군주제는 정치적, 경제적, 사회적 변화로 인한 충격을 흡수하는 능력이 훨씬 더 강하다. 그래서 서구 나라들 중 반이 결국 절대왕정제에서 입헌군주제로 전환을 한 것이다. 물론 한국은 사회적으로 서구 국가들과 달리 사람들이 군주가 모든 책임을 지는 의사 결정 방식을 선호한다고 주장할 수도 있겠지만은.

남한이 절대왕정제로 돌아가지 말아야 할 두 번째 이유는 나의 개인적 능력의 문제다. 현재 군주인 나는 전시작전통제권, 수출정책결정권, 그리고 복지정책자문권을 가지고 있다. 이런 권한들은 내가 어려서부터 많은 교육을 받고 공부하고 연구했기 때문에 유지가 되고 시민들을 위해 사용할 수 있는 것이다. 그리고 이 세 가지만 해도 내게 어마어마한 체력과 시간을 요구한다. 하루에 4~5시간 동안 인터넷에 들어가 남북한 관료들, 해외 주재 남한 외교관들, 주한 서구 외교관들, 서구 현지의 정부 관료들이 올리는 글들을 읽어야 한다. 거기에 남한의 기술 관련 학자들, 기업인들, 농업인들, 엔지니어들, 경제학자와 행정학자 등 사회과학 계열의 교수들이 올린 글과 동영상, 시간이 되면 인문과학 등 기타 계열의 학자들이 올린 글과 동영상, 서구의 지식인들과 시민들이 쓴 한국 수출에 대한 감상 등을 매일 읽어야만 현재의 외교정책의 질(quality)을 유지할 수가 있다. 그리고 몇 년 뒤면, 나는 평생 소원인 박사 학위를 따기 위해 미국에 3년 동안 가서 학업에 집중해야 한다. 거기서 또 미국 오바마 전 대통령을 도와 미국의 법인세 시스템을 고쳐주는 어마어마한 프로젝트를 이끌기로 미국 정부와 시민들에게 약속했다.

사실, 인류애적인 차원에서는, 한국이 먹여 살려야 할 인구가 적고 관료들과 시민들이 우수해서 미국보다 상대적으로 경제 문제가 많이 적은 편이다. 나의 시간은 이미 잘 돌아가는 남한 경제보다는 미국 경제의 크고 복잡한 문제들을 고쳐나가는 데에 쓰는 게 도덕적인 선택이라고 본다. 오바마 전 대통령은 나와 함께 여러 전쟁을 겪은 친구인데, 그런 친구의 부탁을 어떻게 거절하겠는가. 미국의 경제 문제들은 우리나라를 많이 도와준 다른 서구 국가들의 문제들과 사회 문화적인 이유로 비슷하다. 다른 서구 국가들을 돕기 위해 우선 미국 경제부터 고쳐 나가려고 한다. 로스쿨 다니며 그런 프로젝트에도 집중하면, 이미 나는 외교정책을 위한 인터넷 보고문 읽기 작업 시간이 매일 1시간 이하로 줄어들게 되어 있다.

여기에 사우디아라비아처럼 행정권, 사법권, 입법권까지 내게 주어진다면, 업무량이 딱 2배로 늘어날 뿐만 아니라, 나의 약점인 국내법까지 새로 공부해야 한다. 그건 내 개인 역량으로는 감당하기가 무척 어려울 뿐만 아니라, 남북한 시민들을 위한 외무 업무와 내무 업무의 질도 많이 떨어지게 한다. 우리나라의 정치 업무는 나와 행시, 사시 패스하신 분들이 분업을 해야 한다. 여러 분야의 박사 학위 소지자들과 실무직에서 시작해 몇십 년 동안 경험을 쌓으신 분들도 같이 여러 권한을 나눠 가져야 시민들을 위해 최상의 공무 서비스를 제공할 수 있다.

우리나라가 절대왕정제로 돌아가서는 안 되는 세 번째 이유가 우리 할아버지 등 선대의 여러 지혜로운 분들의 뜻을 거스르지 말아야 해서이다. 정치인이자 외교관이었던 나의 할아버지는 1930년생으로서, 1950년 주한미군과 서구 국가 지원군, 그리고 UN군을 한반도로 데리고 와 57년 동안 중국과 러시아와의 국경을 지키며 남북한 시민들을 군사적으로 보호하셨다. 그리고 박정희 정권으로 하여금 공장들을 짓고 인프라를 짓게 하여 시민들을 경제적 궁핍에서 벗어나게 하셨으며, 70년대~80년대 민주주의에 대한 목소리가 커지자, 헌법재판소 짓는 것을 주관하는 등 사법부의 기능을 확장시키셨다. 2007년 할아버지가 돌아가실 때까지, 한국은 실질적으로 절대왕정제였다. 하지만 그분이 나를 교육시키실 때는 외교권, 전시전작권, 그리고 경제정책결정권 등 외무 업무 위주로 준비시키셨고, 1990년대 말 내가 중학교 때 부하들로 하여금 내가 대법원 건물 등을 견학하게 하고 판사들의 기능을 강조하여 가르치셨다. 결국 그분의 비전은 우리나라의 입헌군주제였던 것이다.

우리 할머니도 1950년 대한민국의 공화국 정부가 수립되면서 민주주의 대의를 위해 집안의 하인들을 다 내보내고 평생 자식들과 나를 위해 직접 집안일을 하셨다. 그리고 1950년대부터 오늘날까지 매일 텔레비전을 보시며 대한민국의 민주주의를 모니터링해 오셨다. 최근 들어, 요즘 PC방에 죽치고 게임만 하는 백수들이 신기술을 악용해 동영상 조작을 하고 가짜 뉴스를 만들어 덜떨어진 뉴스사 직원들이 그것을 텔레비전에 그대로 내보낸다고 설명해 드리니 기겁을 하신다. 혹시 독자님들도 지금 90세 이상의 지식인이나 은퇴하신 공무원을 만나면 "절대왕정제에 문제가 많습니까?" 물어보시라. 그런 분들은 젊었을 때 절대왕정제를 살았던 사람들에게 교육받아서, 막상 절대왕정제를 도입하면 여러 가지 문제가 많다고 하실 것이다.

우리나라가 입헌군주제에서 절대왕정제로 돌아가지 말아야 할 이유는 위와 같다. 한 고위 경제 행정 관료분들이 인터넷에 올린 글 중에, 내가 긴급경제회의를 주재해야 하므로 절대왕정제로 돌아가야 한다는 논거를 대셨는데, 거기에 나도 흔들리기는 했다. 하지만 현재의 대한제국 입헌군주제 상 수출정책결정권은 그래도 내가 가지고 있으므로, 긴급경제회의를 해야 해서 우리나라 고위 관료분들이 그냥 나에게 연락하신다면 내가 기꺼이 참석할 것이다. 본궁이 완성될 때까지는, 현재 임시적인 경호 구조상, 광화문에 미국 대사관에 연락하면 된다. 다른 나라 대사관을 이용한다는 게 약간 국가의 체면에 안 좋지만, 주한 미국 대사관에는 외교관들 중에 1~2명 미국 중앙정보부(CIA)에서 파견된 사람들이 있는데, 그런 사람들의 업무 범위는 주한미군과 겹치는 부분이 많아서 금방 나의 경호팀과 연결이 되어 만남을 주선할 수 있다. 이것저것 하고 싶은 것은 많지만, 수년 후 인천에 본궁을 지어, 남북한과 서구 관료들이 언제든지 찾아와서 식사를 하면서 공무에 관해 상의할 수 있도록 하는 게 내 비전이다. 몇년 전 서울의 한 인도 음식 식당에서 식사를 할 때, 검사분들이 경호팀을 통해 찾아오셨는데, 인도 음식의 향신료 냄새가 비위에 안 맞아 고생하신 적이 있다. 본궁에서는 우리나라 분들 잘 드시는 한정식과 서양 요리 등을 대접할 생각이다.

그래도 정 절대왕정제 기분을 내고 싶으시다면, "황제 폐하의 이름으로(혹은 여제 폐하의 이름으로) 회의를 개회한다", "황제 폐하의 이름으로 회의를 폐회한다" 이런 식으로 공무 회의에 선언을 하시면 된다. "황제 폐하의 이름으로 정책을 수립한다", "황제 폐하의 이름으로 무슨무슨 법을 제정한다" 이러서도 되고, 학자시면 "여제 폐하의 이름으로 학회를 개회한다" 혹은 "여제 폐하의 이름으로 학회를 폐회한다" 이렇게 발표하시면 된다.

미국에서 군대에 입대에 한국에 배치가 되면, 그 미군 요원은 주한 미군으로 국제법상 나의 관할권에 들어온다. 그런 후 여러 가지 교육과 훈련을 받는데, 그중 하나는 "여제 폐하를 위해 자폭하라"이다. 그것도 내가 마음은 알겠지만, 내가 보기에는 그러면 못 쓴다. 주한미군이 세계 최고의 기술과 인력으로 나에 대한 경호를 하고, 지구상 두 번째로 큰 악질 세력인 러시아 군이 폭망해서 그럴 일은 없겠지만, 만약 내게 안 좋은 일이 생겨 죽게 된다면, 주한미군은 한 사람이라도 더 살아남아서 남북한의 시민들을 지켜 드려야 한다.